不死鸟
Immortality

虹影 著
Hong Ying

花城出版社
中国·广州

图书在版编目（ＣＩＰ）数据

不死鸟 /（英）虹影著. -- 广州：花城出版社，2024.3
ISBN 978-7-5749-0151-3

Ⅰ．①不… Ⅱ．①虹… Ⅲ．①长篇小说－英国－现代 Ⅳ．①I561.45

中国国家版本馆CIP数据核字(2024)第023996号

出 版 人：张 懿
责任编辑：许泽红　许阳莎
责任校对：汤　迪
技术编辑：凌春梅
装帧设计：邢晓涵
插　　画：瑟　珀（Sybil Williams）

书　　名	不死鸟 BU SI NIAO
出版发行	花城出版社 （广州市环市东路水荫路11号）
经　　销	全国新华书店
印　　刷	深圳市福圣印刷有限公司 （深圳市龙华区龙华街道龙苑大道联华工业区）
开　　本	880毫米×1230毫米　32开
印　　张	8.375　2插页
字　　数	200,000字
版　　次	2024年3月第1版　2024年3月第1次印刷
定　　价	55.00元

如发现印装质量问题，请直接与印刷厂联系调换。
购书热线：020-37604658　37602954
花城出版社网站：http://www.fcph.com.cn

给瑟珀——一个2007年出生的女孩
记住这儿永远是你的故乡

浮出江水的亮光,抵达喉咙的思想
你是新生的蛹,她是玫瑰的香
拒绝那些浸透罪恶的美丽
旋转山城,山城旋转浓雾
飘下半根羽毛,街角一双红高跟鞋出现

目录

第一部　西区动物园

1969 年 二姨	*3*
叶子	*8*
作业本及镜子	*10*
又见叶子	*19*
第三天	*23*
尖耳朵	*27*
游泳	*30*
老虎在叫	*33*
挖地种菜	*35*
滑板	*37*
天上的流星	*42*
父亲来了	*47*
1981 年 玉子	*51*

第二部　焰火世界

1981 年 失眠	*59*
江边	*65*
后街	*72*
旋转楼梯	*76*
锣鼓声	*82*
走廊	*84*
笔记本	*86*
空白的两年	*88*
玉子	*93*
钓鱼	*96*
会演	*100*
奇怪	*103*
难道是我错了	*105*
我爱德彪西	*108*
班长	*114*
他们去了哪里	*121*
天上的鸟	*124*
三个人	*126*

一封信	*129*
二姨	*131*
峭崖	*136*
江水之轻重	*142*
独钓	*146*
二姨	*148*

第三部　悲伤多边形

1983年 重庆	*157*
1945年 重庆	*164*
1983年 重庆	*180*
1945年 重庆	*195*
1983年 重庆	*206*
1945年 重庆	*214*
1983年 重庆	*233*
1945年 重庆	*237*
1983年 重庆	*241*
尾声 重庆	*248*
后记	*251*

第一部　西区动物园

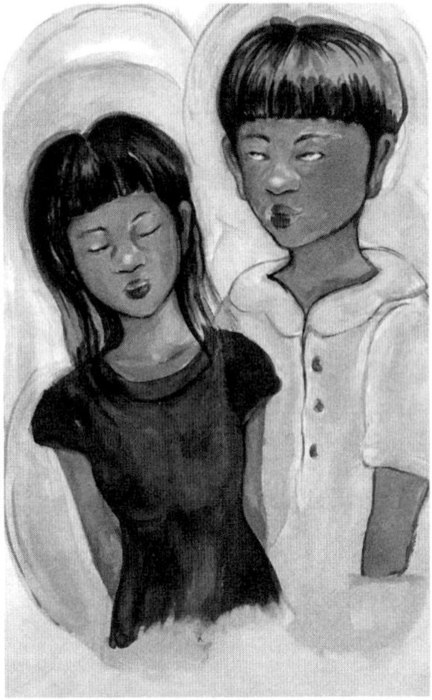

1969年 二姨

    我跟着父亲乘轮渡过江，清早他将一件花衣裳扔给我，我穿在身上，紧跟他往外走。这年夏天，重庆的天气格外凉爽，这很罕见，一般会是火炉，可这些天经常打雷下雨。因为老下雨，我家斜斜的阁楼漏水，地板上放着洗脸盆、洗脚盆接着，父亲说，要等天晴才可以爬到屋顶把瓦片理一理。

    那是一个星期天，轮渡里挤着人，我想问父亲，我们去哪里。他一直绷着脸，我不敢问。船到了对岸朝天门码头，在跳板上，雨突然停了。父亲抖了抖雨伞上的水珠，收起来。天上还是一团团乌云，像大棉花，好看，又让人不敢直视。

    我们跟着人流，走在沙滩上。我脚上是一双旧旧的棕色塑料凉鞋，湿湿的沙子一直往脚趾里钻，怪刺皮肤的。废弃的缆车道边是两坡宽大无比的石梯，对一个才上一年级的孩子来讲，得努力走，走到额头流汗，才能上到顶。父亲没有牵我的手，我到顶后，大喘气。我跟在他身后，排队等电车。电车人多，我们挤上去，一直站到终点、站两路口，又转车，一上车，暴雨倾盆而下，我抓着扶手，站到杨家坪西区公园。等我们下车，还好，雨变小了，地上到处是水。

不必问父亲带我到什么地方，因为二姨住在这附近，我心里有些高兴。

二姨不是母亲的亲妹妹，同姓，来自忠县同一个地方，沾点远亲，她们豆蔻年华时从乡下来人生地不熟的重庆，互相帮助结下了情谊，母亲说二姨比亲妹妹还亲。二姨每回都带糖果给我，长到这么大，我吃的糖果都是她买的。

以前母亲带我去过二姨家，我记得是在平缓的山丘，有好些刺槐和夹竹桃，有一大坡石梯，石梯两边都是红砖房子。父亲带着我穿过一个集市，从一条街出来，面前果然有一坡石梯，石梯左侧每排只有两幢红砖平房，几米外是高院墙，墙下是竹子和黄葛树；石梯右侧有好多幢红砖房，每幢房共有五间，两幢间隔着小过道，第一排房前，有一条小路；第二排房前，也有一条小路；第三排房前，则是一条水泥混凝土路，可开一辆车，像一条小街，左端高，微微倾斜，向右端舒展而去。

下过雨后，到处都湿漉漉的，石梯上泛着水光。二姨的家在第三排，石梯顶右侧第一幢平房第一号，上面挂着"钢新村三排3幢一号"的小牌子，从边上生有苔藓的台阶走上去，门前有自来水水龙头，下端是水泥混凝土洗衣槽，边上是小厨房。正门进去是吃饭房间，一个窄长条，有圆桌和凳子、柜子和凉椅。墙上贴着两张宣传画，一张是工人，另一张是好多人站在田里，我认得画上的字，是毛主席的话"备战备荒为人民"。门后墙上有一排挂钩，挂着衣服、雨伞和草帽什么的，还有一道门，通向小卫生间。卫生间有蹲坑大小便池，也有水龙头可以洗澡，热水得自己烧。再往里走是一间方方正正的睡房。

我们家与十二户人家共用一个大厨房，整个地区几百号人用两个公共厕所，洗澡只能在吃饭的房间。每次母亲见二姨，都会羡慕她在钢厂工作，哪怕仅仅是在一个食堂做炊事员，也能享有这么好的房子。卫生间连着厨房，厨房门本应开在吃饭房里，却在门外。母亲不以为意，说，这样厨房方便用水槽，而且多出一平方米，宽绰。

二姨家的门跟别人的门一样，是绿漆、绿窗框，安了细铁柱，窗台脏脏的。门窗掉漆，又刷了新漆，有股油漆味，门框边有春节对联，色泽被太阳晒淡，门是虚掩着的。

父亲敲门。

没一会儿，一个四十来岁皮肤黑黑的男人拉开门，他脸上留有络腮胡子，冷冷地看着父亲。他眼睛一转，看到小小的我，用身体将门完全推开，让我们进去。这男人是二姨的相好。父亲认识他，对他说："董江，你好，二妹呢？"

董江的右手沾有油漆，他摊摊手，去厨房将汽油倒在一张纸上，用纸擦手，边洗边说："二妹中午会回来，我隔哈儿回家。要我去叫她早点回来吗？"空气中弥漫着汽油味，随风飘过来。

"不用了。"父亲说。

父亲坐在桌前，不再吭声。我乖乖地站在窗前，看到董江弯下身，打开水槽下面一个盖好的桶，从里面取出皂角油肥皂来抹，放回去后，他搓了搓手，拧开水龙头，用清水洗手。董江进屋来，将湿手往自己衣服上擦干，他抽出一支香烟来，递给父亲，父亲摆手，说不吸烟。

董江自顾自点上烟，靠窗抽起来。他属于地地道道的重庆男人，个子本来可能是高个，但背有些驼，显得不太高。"你们从江对岸来，稀客！可惜我今天有事。"他的声音有点沙哑，牙齿因为抽烟有些发黄，眯眯眼，头发乱糟糟的，一副心不在焉的样子。

董江抽完烟，把烟蒂扔在桌上的小碗里，就离开了。

父亲看看墙上的挂钟，说二姨一会儿就回来。我早饭没吃，饿得肚子咕咕叫。我们耐心地等了十多分钟，门外水泥混凝土小街上响起脚步声，朝石梯近了，推开门，是二姨，她的头发上套了一顶白布帽子，走进来，惊叹道："是小六呀，姐夫你也来了。"

父亲点头。

二姨眼睛瞟了一下窗子新刷的油漆，连忙说："嗬，董江来过。"她打开一个布袋，拿出两个大纸袋，里面是几个肉包子，还有炒面。她完全看不出有四十岁，很显年轻，瓜子脸，鼻梁和眼睛生得好看，脸上生有一些小雀斑，人不胖不瘦，眼睛显得很忧伤。她把包子放在一个搪瓷盆里，把面挑到碗里。

那包子有一个小碗那么大，我一连吃了三个肉包子，吃得撑着了。

我到里面房间，这儿很大，放了两张双人床，用竹棍撑起蚊帐，床下有木箱，两床之间放着五屉柜，挂着蓝靛花布窗帘。我爬上五屉柜，拉开窗帘，绿框玻璃窗开着，装了好几根细铁柱，凉风吹来，我站在柜上，把头伸过去。母亲说，头能出，身子就能出。屋外没有房子了，有一片生长着树和野草的荒地，飞着几只白蛾，有一条水沟，再远处有高高的院墙，院墙上有铁丝网，尖如刀的刺。我望着，退了回来。

五屉柜上有面方镜子，我看见自己的头发黄黄的，眼睛很大，睫毛倒是黑又长,一张脸缺少营养,黄皮寡瘦的。镜子泛着光,我在屋子里乱照,照着窗外阴霾的天空下那荒地和那高墙,那高墙上的铁丝网映光,打回来,很刺眼,我把镜子扣在柜面上。这时我看到镜背镶了一张黑白照片,是二姨和一个男孩,三四岁大,男孩很亲热地依偎着她,他的头发有点儿长,有一绺垂在额前,正看着我。他的眼睛跟我的好像!四目相对,我对他一笑,用手指点点他,你是谁?是二姨的孩子吧?照片上的男孩子不能说话,我自言自语,小时候似乎见过,印象中他的样子不陌生。你上学去了?可是,今天是礼拜天。

我想不清楚,觉得好困,打了个呵欠,就跳下柜子,爬上右侧的床,蜷成一团,盯着蚊帐上苍蝇被拍成一摊红的污点,眼睛慢慢闭上。我听见外屋里父亲在说:"你知道你姐姐脑子有条筋,认理啦。昨天晚上,我和她都没吵架,她问我一个事,我没说话。今天清早她就走了,也不知她去了啥地方。"

"姐夫,原来你以为她在我这儿,没来呀,那她会去哪儿?"是二姨的声音。

"我去找她。我把小六留下,这是她的换洗衣服。"

"多一副筷子,她在我这儿,不要担心。"

"还有两周就是暑假——不必上学了。"

"让她待在我这儿,隔壁就是动物园,我空了,带她去玩玩。"

两个大人的对话,统统进了我耳朵。母亲离家出走?她去了哪里?我想她,但是心里也愤愤不平,为什么你不带上我走!生气归生气,眼睛实在睁不开,我闭上了眼睛。

叶
子

　　睡着了，深入遥远莫测的世界深处，不仅是我，整个房子安静，星星安静，风和树安静，屋外的荒地也安静。
　　我醒来时天已黑尽，对面床上的蚊帐放下来，二姨睡得熟熟的。我身上有股清凉油的味，想来是二姨怕虫咬我，给我搽的。蚊帐外面爬着小小的虫，我一动，虫就飞走。我轻悄悄下地，到外面房间，玻璃窗开着，屋外小街的路灯光洒进来。父亲不在，他没有告诉我一声就离开了，把我扔下，跟母亲一样，他们扔下我，让我成了一个弃儿。
　　我打开房门，下几步台阶，来到小街上。清朗的月光下一个人也没有，一只猫也没有，一幢幢一模一样的房子，绿门、装有铁柱的脏脏的窗子、水迹斑斑的窗台、水龙头水管，以及一模一样长着青苔的台阶、湿湿的洗衣槽，这儿连小儿哭叫声也没有，清静极了。

我朝前走，第三排红砖平房前的小街，在第二排红砖平房背后，高出它们半截，我由左朝前右走，走了好久，走到不了边，仿佛这些红砖平房和小街无限延展。疑惑之际，身后响起声音，从左侧竹子和黄葛树那边而来，我停步，转身去看：只见一个男孩坐在有四个轮子的滑板上，那滑板是块木头，有小搓衣板大，不厚，前后两头都镶嵌了两个滑轮，前轮上端有一块可转方向的窄细搁板，放着男孩的双脚。滑板顺着斜坡而来，他像一个小战士，身下的滑板像一辆坦克那么威严。

我急忙往边上一闪，还好，没撞着我。

那个男孩一头乱发，右脚落地，滑板在地上继续行驶了一段就停了。他掉转方向，另一只脚下地，牵着系着滑板的一根绳走过来。我注意到他的左腿有点跛。

"我是叶子。"他伸出了手，我握了握，他的手好冰。

"叶子？"我重复着，觉得他的样子见过，又像没见过。

"小六，你来了。"

"你……你，认得……我？"忽然我紧张起来，口吃起来。

"我以前见过你呀！你看，小六，我的腿生下来就不齐，你结巴。这样我也不紧张了，我们都是有问题的人。"

"我……我没有……没有问题，你……有……问题。"

"小六妹妹你好特别，我喜欢！"他笑起来。

我突然有些不好意思，转身朝二姨家跑去。叶子重新坐上滑板，大声说："明天晚上见，小六。"他的双脚上滑板前端，滑板顺着坡度嗖的一声向前驶去，在寂静的夜里如一道流星转瞬即逝。

9

作业本及镜子

我回到二姨家里,屋子里有很响的呼噜声,我去卫生间解了小手,就爬上床了。睡眠袭来,模糊之中听见窗外荒地那边传来一声吼叫,我吓了一跳。那吼叫只一声,就停了。我侧脸朝墙,二姨在梦里喊:"太黑了!来吧,快过来!"她在挣扎,像在呼唤谁。

我听着,一会儿,睡过去了。

早上二姨把我拍醒,说:"你爸爸昨晚回去了,你当时睡着了。你安心在这儿几天,到时他会来接你。"

外面房间里有股小面的小葱混合辣椒的香味。我爬起身,眼睛跟着味道看过去。二姨说:"饿了吧?我给你做小面。"

我高兴地笑了。

二姨到厨房,我跟了过去。她将一把湿面和空心菜扔到锅里,用一双很长的筷子捞了几下,几分钟后,挑出来,端到桌子上。我坐过去，埋头吃起来。二姨说："小六，你在我家，我不像他们那样管你，但你得听我的，你和我要好好相处，听清楚了吗？"

我点点头，凭啥不听她的？虽然我进她的家门后，她从未笑过一次，但现在我只有她，她对我也不是不好。

"太阳下山后，毒虫虫会出来，叮人像根针，又痒又痛，它呢，最怕清凉油，昨天晚上我给你搽了。"

我身上有这味，闻闻手，手上也有。

二姨坐在我的对面，说："清凉油在里面的柜子左边第一个抽屉里，记得睡觉前搽。"

母亲不这样对我，我真的可以忘了母亲，可一想起她，我眼里便含着泪花。

"不要哭鼻子。"二姨不高兴地说，她拿出一把钥匙，要递给我，想了想，又放回衣袋。她说得去上班，中午才回来，问我要不要她去借个课本，因为父亲没有带我的书包。我摇摇头，父母都不要我，我学课本做什么。

她看着我，没有说话，起身去里屋的床下翻找。好一阵子，她拿着语文、算术课本走出来，都是一年级的。她还从课本下抽出一个崭新的作业本，把它们放在我面前的桌上，并喃喃自语："以为扔了，没想到还在。"她叹了一口气，说，"你正好可以用。学习还是很重要的，你二姨若文化高，就不会做炊事员了。"

她走出去，把门拉上，从外面把门反锁了，把钥匙放在门框上端。

我没想到她会反锁我。我从有细铁柱的窗里看到她小心地下台阶。也许她只是为了我的安全而已，才这么做。

房间里剩下我一个人，我不知道怎么办好。

桌子上的语文课本，上面用铅笔画了好些生词的圈，还有好多页，上面干干净净，算术课本也如此，被人用过，后面部分显新。有课本有作业本，却没有笔。我走过去，打开五屉柜，终于找到一捆铅笔，用橡皮绳扎着，全是削尖了笔芯的。我取了一支，回到桌前。

不知时间过去了多久，寂静被打破，好些吵闹声从门外小街传来。我到窗前，发现街上有大人带着小孩子在玩耍，有一个男孩子在玩滑板，当他拖着滑板经过，注意到窗前的我，转过脸来。不是叶子，是一个个头比他小的男孩。男孩掉头继续向前走。远处有三个男孩在用一条鞭子打陀螺。有一个老头子推着有轮子的棉花糖筒，在沿街叫卖。孩子们扔掉手中的东西，跑了过去。我可以叫他过来，因为我口袋里除了那颗水果糖外，还有五分钱，是母亲给的。

我吞了吞口水，不能用。

不行，我不能被关在这儿，我得出去。从前面的窗出去会有人看到，会告诉二姨。我到睡房，爬上五屉柜，先把头伸出窗柱，再侧过身体，我跳下窗，绕到红砖房前来，顺着石梯往下走。

以前来二姨家，我没什么印象，一切模模糊糊。但是昨天父亲带我来时的细节，我记得：坐船到对岸朝天门，坐车，中间换车，终点站是一个小空地，停了好多公共汽车。我紧跟在父亲身后。我们上了好多台阶，我只要顺着台阶往下走，就可找到回家的路。

果然，当我下到最后一排红砖平房那儿，远处有节奏的敲打声传来，虽然声音很轻，我还是有了信心。我继续往敲打声那儿走，声音大了一点，拐过一个小巷子，敲打声停了。我面前有空地，有街，有理发店、衣服店、小面馆和杂货铺子，空地停了几辆公共汽车,好多人在下车,站牌下有铁栏杆,好多人在排队,也有带孩子的大人过来问去动物园怎么走。一人问,会有好几张嘴回答:"进后门吧,后门近。"

"不,不要进后门,后门早就锁死了,进西门吧。"

"哎呀,翻院墙吧,不付二分钱门票。"

听的人面面相觑,说得几个人一阵大笑。公共汽车站边上的空坝子围着好多黄葛树,中间有集市,那些树下搁着竹筐担子,有新鲜的蔬菜水果,有新腌制的榨菜咸菜丝,也有卖肉卖活鲫鱼的。

我转了一转,集市不大,二十来个人,都是挑担子的,也有附近小馆子的人在卖凉面和凉粉。逛集市的人倒是不少,他们走走停停,蒸笼上热腾腾冒着气的小笼包香喷喷的,但我不敢用口袋里的五分钱,就往回走。敲打声又响起,我看见十几步远的街角有一个小店,坐着董江,他系了个围腰在身上,面前有矮凳、高脚板凳,上面有个铁柱,套着个锅,他拿着锤子敲打。

原来董江是个补锅匠。他的小店很乱,有坩埚,有小火炉风箱和砧凳、锅和铁块、电钻和木头,堆得到处都是。右侧墙上挂了好多钥匙,门上用红漆写着"配钥匙,当天取"。我有点害怕董江,在他抬起眼来看外面时,我赶紧侧过身子。对呀,我为什么要回家去?不回!既来之,便安之,我要好好看看这个地方。

这时,一个穿白衣服的女人,从一辆公共汽车上下来,她瘦瘦精精的,走到小店门口,递过去一个铝合金的饭盒。

董江没看这女人。

女人说:"老公呀,我今天在车队多领了一份饭,有烧白、咸菜在里面。"她把饭盒放在矮凳子上,见他不理自己,就转身离开。她走了几步,又走回去,进到店里。

我也靠那店更近了。

女人伸手敲一个铁锅，敲得很响。

董江没办法，抬起头来看她，脸上什么表情都没有。

"老公呀，有句话，我要告诉你，我是不到黄河心不死的。你对我好，我对你好。"

她一步跨出店来，朝前走，突然停下来，往我站着的方向看。我故意看对面路上一个卖萝卜和丝瓜的中年男人，但我感觉到她的眼光在仔细地打量我。

那女人从鼻子里"哼"了一声，走向我看着的那个商贩，问了男人萝卜的价钱，选了两根大萝卜，放在圆盘秤上。男人提起秤杆，说："一角吧。"女人给了他一角，一手握着一根萝卜走了。

她朝我走来，走近了，人显老。我看见她有双丹凤眼，眼角有颗绿豆大的肉痣，生了小绒毛，很怪诞的一张脸。

"唐孃孃，你在哪里买的萝卜？看上去好甜。"一个大妈叫住她。

她的手指向卖萝卜的担子，眼睛的余光却在看我，甚至露出温柔的笑容，人一下子年轻多了，她从我身边走了过去，走得有些不像一个公交车售票的，因为那腰肢在迎风摆动。

这是怎么一回事？这个董江的老婆根本不认识我，我以前跟母亲来二姨家做客，至少是一年前的事，甚至是两年前的事，她怎么会认识我？我敢说，恐怕她连我母亲也不认识。

我回到二姨家，想爬上后窗台，可是我人矮，爬了好几次都不行。看到荒地有一块石头，我想搬过来，可是太重了。我就推，让石头滚动，弄了好久，才把石头移到窗台下面。我费力地爬上，小心地钻过窗柱子，回到睡房。洗干净脏手后，我坐在吃饭桌前抄课文，抄了一页，看着窗外小街，在作业本上画起画来。

二姨回来，开门后，看了我一眼，目光最后停在我一双干净的手上片刻,就去厨房把灶上的煤饼戳开,扇扇子,火苗一下子升起。她放上铁锅,开始倒水搅拌面糊,倒油烙饼。这时董江拿着那个铝合金的饭盒来了。

"里面有烧白,给你和小六。"他拿筷子把肉搛出来,凑到二姨耳边,低声说了一句话,就往外走。

二姨像想起什么似的,对他说:"董江,谢谢你刷的漆。"

他听见了,回过头来,有些不太好意思,说:"应该把所有的旧漆都刮掉,漆漂亮一些。只是那样工程太大。"

"现在这样就可以了。"

他走下台阶,朝厨房方向挥了挥手。

这两个人的关系很奇怪,很是客气。烙饼和着烧白吃,很香。二姨拿来一个玻璃瓶子,里面是油辣椒。她用勺放入烧白。我吃了一口,这辣椒和母亲做的辣椒是一样的,辣到心尖尖都在战栗。她们吃辣椒如此凶猛,我也不逊色。我们吃得高兴。我抹了抹嘴,放下筷子,这时二姨说:"小六,你看着我的眼睛,回答我,有人在车站看到你,有没有这回事?"

我的脸色发白,垂下头。

"你怎么出去的?"

我不说话。

"你错了吗?"

"我错了。我……我看见,董江叔叔,叔叔的女人……她,她看……看我啦……"

二姨表情很怪,目光中有股凶气冒出来。我盯着她,她重重地叹口气,摇摇头。她走进里屋,换了一件衣服,又找了一件纯棉布上衣给我,说:"我这件衣服,可以睡觉穿。一会儿我给你烧一壶热水,准备一桶洗澡水,你洗个澡和头发。"

洗澡水烧好后,我拿着二姨给的衣服进了卫生间。我蹲在桶前洗头洗澡,我的身体才刚刚开始发育,乳房冒起小小的苞蕾,我不敢碰那儿。穷人家的孩子早当家,我五岁就学会自己管自己,五岁就上灶台做饭。

我套上二姨的衣服,大大垮垮的,长及膝盖,像一个连衣裙,透气又柔软,带着皂角油的味道。母亲也喜欢用这种肥皂。我想起母亲,心里难过,泪花在眼眶里打转。墙上有面小镜子。我看着镜子里的人说,小六,不要哭。母亲最看不起爱哭的孩子。我穿着塑料凉鞋打开卫生间的门出来。

"二姨,我可以给你做饭。"我对她说。

"我不需要你做饭。不要以为我原谅了你,我给你记着一个过错。"二姨说着,扔了一条干毛巾给我,"自己擦干头发上的水。"

"那你会卖了我?"

二姨严肃地看着我,没言语。

"不要卖我到远的地方,那样我看不到你,你会哭的。"

"我会考虑这点。"

"干脆,你让我跪搓衣板,我痛,你会高兴的!反正我不要你锁我,我不是你的犯人。"

"我说过,在这儿,一切听我的。"她的口气很冷。

我对自己说,绝对不能再在她面前提那个董江的女人。

二姨看了我写在作业本上的字,评论道:"你的字写得好有力。看字,就可看未来,你有骨气,二姨喜欢。二姨认为你有一个好未来,起码比我、比你妈命好。"她翻了一页,看到我画了一个男孩和女孩,都是黑黑的大眼睛,站在路灯下,手牵手。"这女孩是你吧,男孩是谁?"

"他，他是，街上的。"

她若有所思地走到里面，照柜上的镜子，把脖颈边一缕头发掖进帽子，这才拿着布袋，去上班了。关门前，她对我说："晚上食堂轮到我打饭了，我回家会晚一点。"

"你，一个……一个人，打饭？"

"五个窗口，我管一个。"她说，然后解释说钢厂大得很，有好几个分厂，好多车间，她很幸运，因为做菜好，食堂里上上下下的人跟她关系都不错，有时还能分到剩下的饭菜。她变戏法似的拿出一颗水果糖递给我。"乖点，不然我会考虑卖你到远的地方！"

我接着糖，糖纸上是黄色菠萝，围了一圈亮晶晶的花边，很好看。我盯着看，却舍不得吃。

二姨走了，还是反锁了门，这回她把钥匙放在门框上端。我来到里面房间，玩镜子，照外面荒地那边高墙的铁网，泛着光，让光射来射去，有只黑蝴蝶在光里飞上飞下。窗外突然下起雨，我想关窗玻璃，可是一看窗台外屋檐宽，雨水根本进不来，就站在那儿，看雨点飘飘洒洒的形状。雨水下一阵后，雾气起了，外面的树和草地随风摇动。都说下雨时，人容易打瞌睡，果真如此。我举着镜子玩了一会儿，把镜子扣在柜面上，看到二姨和小男孩的照片，我对他一笑，说，如果你不是在照片上该有多好。

我爬上左边的床，脱了鞋子，眼睛马上合上。

不知睡了有多久，我感觉屋子里有人，有说话声，有喝酒声音。有时很轻，有时很重，会有人轻轻说对不起。有人凑在我的床边，我想睁开眼睛，又怕看到不想看到的，便虚着眼：是络腮胡子的董江，他站在那儿，盯着我看，俯下身来。他要干什么？我的脚趾抽动了一下，把脸转过去，面对墙。他把一个薄毯子盖在我身上，又把我的脸扳过来，他带有酒气的嘴，亲了我的左脸颊，又亲了右脸颊。我很想一脚踢过去，可是我不敢。他的手伸过来，摸了摸我的脸蛋，伸手把毯子移开，把我的衣服拉了拉，盖上毯子，放下了蚊帐，他朝外面房间走去。我吓得手心都是汗。他是个坏男人吧，母亲告诉过我，不让任何男人摸我，亲我更不行。如果母亲在这儿，肯定不让董江的臭嘴碰我，这个男人有问题。

"不要喝了。"董江对二姨说。

"我还想喝。没喝够。董江，给我倒酒。"

"今天够了。"董江说完，把二姨从吃饭桌前抱到床上。二姨好像喝醉了，哭得很伤心，说话声断断续续，"我们不要提，不要提，都会好的。"那床上的蚊帐垂下来，他在脱她的衣服，又脱自己的衣服，他们光着身子在里面倒腾了好半天，喘气声后，二姨轻声说："别走！"没一会儿，她打起了呼噜。

董江轻手轻脚穿上衣服和鞋走到外屋，收拾桌子的声音，又隔了一会儿，听见关门声，他的脚步声远去。

奇怪，也听不到雨声了。

二姨应该嫁了人，怎么找别人的丈夫？我想问她。因为我不喜欢董江。昨天没有这感觉，今天见了他的老婆，她的样子很奇怪，让我不放心。董江他亲了我，趁我熟睡，这是要流氓。

我睡不着了，听着墙上挂钟钟摆轻悄悄的摇摆声，索性起来，找东西吃，厨房碗柜里有一大碗绿豆稀饭，有泡萝卜。盖着锅盖，像是二姨给我留的。我呼呼全吃掉了。这时我站在绿门前，下过雨的街上，月亮圆如盘，虽然有乌云，还是明明暗暗，石阶下面随风涌来一团团薄雾。

又见叶子

整条街上每家都关着绿门,好安静的小街,风吹着树叶的簌簌声,很轻,但是我听得见。突然有滑板在地上摩擦声响起来,一起一伏,还有溅起水的声音,像音乐一样好听。我望过去,可不,是叶子,只是这次他整个人站在滑板上滑下来,他张开双臂,像一只大鹰。我奔跑过去,他一只脚落地,停下,头发乱乱的,仰了一下头,对我高兴地说:

"小六,你来了。你看多好,雨也停了,路更滑,滑起来更好。"

我点点头,又摇摇头。

"不必怕,我保证你不会跌倒。"

我担心万一我摔了,二姨会找他家大人告状。我一急,又结巴了,对他断断续续说了。

"不会有人管我的。"他说。

"怎么……可能？那……那你住……哪幢？"我想如果二姨跟他家熟就好了。

"我在那边。"见我疑惑，他的手朝右端的房子那边指了指。

我没吭声，但马上问："在……在那儿？"

他摇摇头，指着滑板说："来，不要管那么多，坐下。"

我坐到滑板上，滑板像是不情愿地往前滑了一下，他马上坐在我前面，看起来那么小的滑板，居然坐得下我俩。他让我把双脚收好，放在木板前面支出来的搁板上，指着二姨房子的后面说："晓得吗，那儿装了铁丝网的高墙，就是动物园。你去过吧？现在，你得听我的，一会儿，我喊一二三，喊到三时，我就收脚。我们一起往下滑。你可以先闭着眼睛。"

听叶子这么说，我想起母亲曾经带我去过动物园，那里面有猩猩和孔雀，看到华南虎时，我吓哭了。母亲哄我，抱着我在园里走，走了好久，我不哭了，说累了，想睡。母亲看着远处的院墙说，其实二妹家就在院墙那边，很近，可惜我们没有翅膀，不然可以飞过去，就不必绕很多路才能到。

"准备好了，小六！"这时叶子对我说，他的手抓着我的手，放在他的腰上，他的左脚在我的脚边，右脚着地，喊："一——二——三！"他的右脚收起，放在前方。滑板顺着坡度往前，我没闭眼睛，好奇战胜我的害怕。这一段缓坡，速度不快，可是下面坡度加强，速度也加强，我在叶子的背后，他微微弯着，正好我的嘴对着他的脖子，我哈着气，好舒服的气，长这么大，还没有跟谁有过这么亲密的身体接触。房子、树木闪过，风吹起我们的头发，突然叶子站了起来，我居然也站了起来，滑板像是粘在我们的脚下，不偏不倚，迎着一股风前行。那平衡是怎么掌握的，我不知道，我只发现自己的胆子变大，丝毫不怕，我一手抱着他的腰，滑板突然飞了起来,在地上打了个转,叶子拉着我的手,腾空飞出一段,却稳稳地落在滑板上,直接向前驶出一大段。他的右脚擦着地面,速度减后,他停了下来。

我笑了出来,好久也没有这么笑过。"你明天……天,来,叶叶子哥,好不好?"

"没问题,我明天让你单骑。"他说着,突然像想起什么似的,问,"要是你去动物园,如果你去的话。"

"以前妈妈带我去过,但是太小,什么也记不清楚。不过二姨会带我去。"

他惊奇地看看我,然后说:"你肯定会喜欢动物园的!里面有只老虎,有两只尖耳朵,我以前每个星期都会去看它,它是我的朋友。你可以告诉他,你是叶子的朋友。"

"你俩怎么成为朋友的?"

"我也不知道。可能它喜欢我,我喜欢它。对上了,啥子事都对了。"

"有道理。"

"我给它讲故事。"

"啥子故事?我最爱听故事了。"

"我讲有一个男孩子,一年都见不着父亲一面,他不想上学,就到动物园里乱走,有一天他站在老虎笼前,讲故事。一个老虎挑水吃,两个老虎抬水吃,三个老虎没有水吃,因为它们变懒了。老虎听了哈哈大笑,原地转圈。从那之后,见我去,它就给我转圈,我就给它讲故事。小六,你肯定晓得这个故事从哪里来的。"

"三……三个和……尚。"我说。

"回答正确。"

他蹲下,把滑板车前面的搁板转了一下,那搁板也是一个舵,里面缠了一根绳,他拖着滑板跟我往二姨家走。在门前,我跑上台阶,突然停了下来,我把口袋里的那颗水果糖拿出来,递给他,他接过去,看了看。糖纸上的菠萝亮晶晶的花边吸引了他,他剥开它,把糖递我,自己留下糖纸。

我看着他:"不想全要?"

他说:"这样公平。"

我接过糖来,放入手里,我舍不得吃,推开门进去。

进到房里,我到窗前看,他还在那儿,他手握糖纸对我挥手。我也朝他挥手。糖有股菠萝味,我闻了闻,让那味道浸入喉咙。我撕了一页作业本的纸,包上糖果,放入口袋。

第三天

早上天麻麻亮,二姨叫醒我,让我刷牙洗脸吃早饭。我进了卫生间,飞快做完。"气温回升,"二姨说,"温度比昨天高了,有些热,我们可以洗冷水澡。"

的确,我在家时,夏天都到江里去洗。我想去江里洗澡,我结结巴巴对二姨说了。

她说:"我不太会游泳,这样,到时我看董江叔叔有没有空,他水性好,我让他带你下江。"

我不想跟那个男人去江里。

我跟着父亲坐轮渡坐车换车,他始终板着脸,没有跟我说过江,我不知道江在哪里。我问二姨。她说:"我们这儿离江不是太远,我们在江的北边,你们家在江的南边。我喜欢桥,因为有桥,你们到我家,就不必过江过水的,也省时间。"

"我也喜欢桥。"

"为啥子呢？"

"因为二姨喜欢。我小时候睁开眼睛，看江，就喜欢江上有桥呀。"

"小甜嘴！你现在也是小时候！"二姨拿梳子给我乱草一样的头发梳直，编了两条辫子。然后她转到我前面，看看我，说："整齐多了，小姑娘打扮一下就不像流浪孩子。"

我不想看自己，我对自己没信心。

二姨仿佛了解我的心思，把镜子移到我眼前。镜子里的那个头发乱飞的女孩，模样儿看上去舒服多了，显得安静一些。二姨拿自己的布袋，套了卫生白棉布套，告诉我，轮到休息时，她要带我去西区公园，里面有好多动物。

她问我："想不想看？"

我的衣袖有点长，二姨帮我挽在胳膊上，说："是孩子都爱去动物园。"

"那大人不爱去吗？"我问。

"有的大人是例外，她会冲动，会想把那些被关着的动物全放出来。我的儿子以前老跟她这样说，它们太可怜了。"

我猜得到二姨是在说她和儿子。"如果它们不在动物园，那我们小孩子长大，就不晓得动物是哪个样的。"

二姨看了看我，往厨房走，皱眉说："也怪了，你来了后，这动物都不叫了，平常下雨时，高墙那边老虎豹子都吼呀，有时吵得人都睡不好觉。"

我没说话，我来的那天，夜里听到一声吼叫，是老虎还是豹子？反正是一种凶狠、庞大的动物，那叫声，仿佛天都要被震裂了，猴子和狐狸肯定做不到。

对于二姨要带我去动物园，我心里充满期待。中午她前脚跨过门，董江后脚到。两个人在厨房做饭，昨晚剩下小碗花菜焖猪油渣，董江说："干脆做面块。"我喜欢面块，在他们身后拍起手来。

两个大人就在那儿和面，二姨把大蒜瓣交给我，我搬了张小板凳在门前坐着剥大蒜。

"董江，你晚上有空，带小六去江里玩水。"二姨说，她站在水槽前洗沾了面粉的手。

"我可以陪她。你去吗？"董江问。

"我今天下班会晚一些。"二姨说。

我心里不快，望着二姨，她不明白我的意思。面块很快做好，里面放了莴笋叶子。她用了一个大盆，把花菜、猪油渣作为调料，又加了辣椒和大蒜。三个人几分钟就将一盆面块干完。二姨说："我想在窗外那空地种些青菜，想吃随时就可以摘。"

"春天种最好。"董江说。

"小葱蒜苗随种长。萝卜也贱得很。"

"到时我帮你。"董江看着我，叹口气，"也没啥玩的。高墙那边你一个小娃儿不能去。"

二姨的目光转过来，盯着我，显然对他的话是赞许的。他接着说："去动物园里面，小娃儿必须跟大人一起去。"

二姨点点头。

我结巴着问，是不是老虎、狮子危险，会跑出笼子来？

"是小娃儿容易走失。小娃儿一个人走，被坏人看到，会像苍蝇一样扑过来，将小娃儿带走。"

"带到……啥，啥子地……方？"

"反正到时你见不到二姨，见不到你妈妈和爸爸，也见不到董叔叔。坏人可能把你卖给一个更坏的人。不要跟你说这些，你记着，不要一个人去动物园。"他叹了一口气，"董叔叔正在给你做一个东西，我加班加点尽量给你赶出来。"

我心里好奇怪，这个董江会做什么东西给我，他在二姨面前表现很好，我也以为他是好心的。但对他，我直觉不信任，他那有酒气的脸，络腮胡子，凑近我的身体，我摸了自己的脸，仿佛想擦去他的吻。

二姨和董江离开后，被锁在屋子里的我，一个人坐在桌前读课本，抄课文。抄着抄着，我一看作业本上写着"我想妈妈，我想妈妈"。我画了一个大黑眼睛的女孩，头顶都是星星和乌云。

我衣袋里有五分钱，我可以去动物园看老虎。如果中午他们不说小孩子不能一个人去，我还不想去，他们说了，我就非常想去，这无意中设置了一个诱饵在那儿，引着我前往。

尖耳朵

阳光异常灿烂，我从后窗钻出后，绕到房前，走下石梯，两边野花纷纷绽开，石坎缝里长着小小的矢车菊、车前草和灯笼草。草丛里响起蝉鸣，我觉得有虫子钻进耳朵里。我穿过小街，来到公交汽车站，在那儿问一个提着竹篓卖茉莉花的小贩。

他说："小妹儿，你一直朝左，顺着这条路往前走，看到一个大白铁门就是动物园。那儿有一个售票处。"

我按他的话走。气温如早上，也没升上去，不过有风吹过。大约十分钟，可能更久，我看到动物园白色的大铁门，好些人在那儿拍照，有个摄影师立了一个大木盒，罩了块布，给人拍照，边上有个助手负责收钱写地址，到时照片冲洗好后寄出去。因为是相馆的，人们都信。小孩一米二以下，不要门票。我跟在两个大人后面进去，进到里面，过廊桥，水里有红色大鲤鱼。一抬头，边上回廊上端墙上嵌镶玻璃鱼池，里面有朱砂水泡眼，顶着大大的红气球在快乐地游着。

我从小喜欢鱼，不时跑到江边洼地岩石缝里捉最丑的小蝌蚪，装到大瓶子里，带回家养。养不到一周，母亲会让我放生。我听母亲的话。附近邻居有养金鱼，说是蝶尾金鱼很稀罕。可是这儿有皮球珍珠和武汉猫狮，还有养金鱼的人羡慕的熊猫金鱼——黑白色的虎头、长长的蝶尾、漂亮的水泡。一路看过去，玻璃框底标有金鱼名，有朱顶紫罗袍、白龙托玉，还有好多像满江红、金缕衣、天仙子、玉堂春奇怪名字的金鱼，简直目不暇接，想看什么样的金鱼，全都有。

不是周日，看金鱼的游客还是不少，我喜欢看，还喜欢踮脚去摸，摸不到，就跳起来看。可是连看两排金鱼缸，玻璃上都印着一个人影，我回头，没发现人。突然面前的玻璃缸一声响，玻璃破裂，水哗哗流淌。

"叫人。"

"饲养员来了。"

可能就是那个人干的。我赶紧离开，迎面就是天鹅，在湖中游荡，高傲的脖颈昂起，谁都不看。可是有一只天鹅经过我，朝我点了一下头，钻入桥下，仿佛要跟我捉迷藏似的。但我到桥那头，却看不到它了。于是我去看大熊猫，那儿人多，这让我安心一些。两个大人带着几十个孩子，这时一个人打着一把黑雨伞，站在远处，我看过去时，那人用雨伞对着我。天并没有下雨，当我看时，那人那样反应，当然针对我。二姨和董江警告过我，孩子不能一个人到动物园。可我不想离开，好不容易进来，我四处转起来，这时一声巨吼，"哎哟，狮子吃人了！"有人在喊。

好些人循着声音过去，狮子趴在岩石上吃着一块血淋淋的肉，那不是人。隔壁关着两只华南虎，一大一小，小的在睡觉，大的在仰天咆哮，有两个小年轻，大约二十岁，拿一根树枝逗它。他们身后也是一群同龄人，打着旗，是一个工厂共青团出来玩。这只老虎胸腹部有丛丛乳白毛发，全身橙黄色，有一道道黑横纹，像花皮，耳朵尖尖的、小小的，很是可爱。两个男人看到它生气，反而高兴坏了，朝它扔石头。它不闪躲，直接撞过来，铁网加铁柱发抖，它不停，一次又一次地冲撞过来。那两个男人吓得瘫软，坐在地上。所有围观的人都退后了，这时我掏出衣袋里的纸，打开，露出一颗水果糖，昨天叶子留给我的。我摊开手，伸进铁柱里，尖耳朵一下子看到我，朝我走来，黑眼珠转动着。我对它说："老虎哥哥，我是叶子的朋友，昨天他说到你，我喜欢你的尖耳朵，我跟他一样叫你尖耳朵吧，这颗糖送给你。很甜。"

天哪，我居然没有结巴。

通常见生人或在公众场合说话我就紧张，一紧张，我就结巴，越紧张，结巴越厉害。老虎要吃人，我递糖果，我有多紧张，可以想到，可是我没有结巴，只可能是我的紧张超过我的承受力，让我忘记一切在说话，才如正常人一样不结巴。

尖耳朵老虎看着我，我看着它，我不害怕它。我说："很好吃，我不吃，给你吃，你尝尝吧。"它扑过来，我没有后退。几乎是在我丝毫没有觉察的情况下，那颗水果糖到了老虎的嘴里，它用牙齿咬碎，吞下去。它双眼皱着，吃肉的老虎这一生没吃过这样的东西，它琢磨着，突然伸出红红的舌头开始舔牙齿缝，显然喜欢那甜，猛地抬头看着我，眼睛大睁，那里面早就没有怒火，连眼角都在笑。

尖耳朵安静下来。

好多人在我身后看傻了。我回头，看到那个打雨伞的人，这回那人只是遮挡脸，我可以看到他身上是一件灰衣。

那天，我是跑着看金丝猴、豹和斑马的，它们进入我的眼睛快，离开我的眼睛更快。我记着你们的脸，我保证下回会好好跟你们打招呼——我在心里说，一溜烟奔回家。

29

游泳

二姨家一个人也没有,我背靠门,喝了一杯凉开水。只要我不说,他们不会发现我去了动物园。

"咚……咚……",敲门声响起,我吓得一动不动。隔了一会儿,我鼓起勇气,走到玻璃窗边望外面,不是那个灰衣人,而是董江站在门前,手里拿着一个橡皮游泳圈。

我站在窗前。董江说:"哎呀,我忘记带钥匙了。"这时他注意到门是从外面锁上的,马上伸手到门框上拿到钥匙,打开门。

有条毛毛虫爬进门来,董江看了一眼,一脚踩死,看也不看脚底。

这个男人心真狠,我讨厌他。他听二姨的话,要带我去江里。我没有游泳衣,换了短衣短裤。

董江骑了一个破自行车,让我抱着游泳圈坐在车后座上,叮嘱我:"抓住我!"

我没办法，只能抓董江的腰。董江骑了好一阵子，我看到了江水，比我家那段江水窄一些，江上船很少。这么说，江对岸是我家所在的南岸。但愿妈妈回家了，她会来接我的。我就这么发呆，董江问："小六，你会游吗？"

我点头。

他放心地走开了。

其实我不太会游，我怕董江教我，那样他的手就会接触我的手和腿，没准还会碰着我的腰。董江脱了鞋和衣服，只穿了一个裤衩，整个身材均匀，他的右臂比左臂粗壮，都是肌肉，很像一个练武之人。他跳进江里，大划臂游着。江边有大人带孩子游泳，更多的是青年，也有玩水的，老少都有。这一段江边沙子多，不像南岸差不多隔一段都是礁石。

我抱着游泳圈走入水中，水不冰，到腿了，我手抓着游泳圈，游了一会儿，不敢放开游泳圈，怕江水打浪，万一把我打进漩涡，那就要丢命了。不行，我不能那样做。扛着游泳圈，我到岸上玩沙子，搭城堡。

远处的坡上有个人影，总往我这边瞧，引起我的注意。我故意朝那边跑过去，进到水里，跟着浪走，浪来，我跳开。玩了好一阵，我侧过身，坡上那个人还在。我朝前走了十几步，背对江，站在那儿一动不动。从这儿可以看得清楚，坡上是个女人，瘦瘦精精的，穿了一件格子衬衫，很像董江的老婆。她来做什么？

董江游过来，一下子从水里起来。他站在我面前，问："啷个不游呢？"

我没说话，以为他会怪罪我，我走到刚才堆的沙堡面前，继续挖沙筑城堡。

董江跟了过来，蹲下来，陪我挖坑，我在他的双脚上放沙子，插了一根野草在他的脚趾上,可能是痒,他笑了起来。这时我抬头看那女人,那女人瞪着我这个方向,我的脸色发白,再看时,董江一把握着我的手说:"你在发抖,你怕什么?"

我不说话。

董江侧过脸,看到女人,腾地一下站起来,朝那儿走过去。女人没有走开,朝他走过来。虽是隔得很远,完全听不到他们在说什么,不过从他们的身体拉拉扯扯来看,董江似乎是要拉着女人往上走,而女人非要往下走。他们的声音充满怒火,可以感觉到女人很不开心,她的手指着我的方向,对着董江嚷嚷。董江抓着女人的手,女人挣脱掉,狠狠地打董江的脸。董江大吼了一声,走下坡来,脸涨得通红,嘴都气歪了,拉着我就走。

我侧身看,那女人不在了。

我们回到家,二姨已经回来了,她在厨房,听到我们的脚步声,走到绿门前,看到男人一脸怒气,急忙问:"小六惹你生气了?"她的脸拉下来,对我瞪了一眼。

他让我进屋,自己拉着二姨进厨房,关上门,听见二人说话声。说了一阵,董江打开门出来,直接往石梯下那条小街走去。我盯着他的背影看,直到他消失为止。

当天晚上,我和二姨沉默着吃饭。吃完饭收拾完毕,她说累了,要睡觉,就进里屋躺床上了。

老虎在叫

    天色暗得像铁一样沉重,我上自己的床睡,可是我想安慰二姨,二姨在她的床上翻来覆去,似乎没睡着,却不见她说话。我爬下床,到她的床上,伸出手放在她的肩膀。她握着我的手,隔了一会儿,深深地舒了口气。没多久,她松开手,打起呼噜来。我这才放心地合上眼睛。

    窗外荒地高墙那边传来一声吼叫。这声音如此熟悉,肯定是尖耳朵。像是回应我的想法,又是一声吼叫。二姨之前说,动物园动物叫,她睡不着。现在我明白了她的话。但是二姨睡着了,皱着眉头,一副很痛苦的样子。我很怕二姨死,就小心地坐在她的身边,握着她的手,如果她死了,我真就成了孤家寡人。

    老虎停止吼叫,荒地的鸟群飞舞,它们在高墙上空,月亮露出云层来,投射下来惨白的光。这个夜晚鬼祟,让人好敬畏。

    我得坚强点。下床后,我去关了窗帘。翻柜里的抽屉,找到清凉油,我把手和脚都抹了,房间里是清凉油的气味。我翻过镜子,点点上面的男孩子的照片,对他说,你好!感觉他也在对我说同样的话,像股暖流轻轻地流淌在我的心里。我爬上自己的床,看着窗外高墙那边的夜空,星星那么暗淡。尖耳朵老虎在叫,声音里听不到愤怒,低低的,断断续续的,像是催眠曲,没一会儿,我睡着了。

挖地种菜

锄头跟我一样高,我把它倒下来,紧握,挖地。还好,土松,不过我挖得一身是汗。苍蝇和飞蛾在阳光下飞着,叫着。

二姨在边上提水,泼在土上,说这样土更松了,更好挖。我挖呀挖,土里的蚯蚓、蜈蚣爬出来。二姨说,这土肥。她让我挖松土后,挖个小坑。我们往小坑里撒南瓜籽、丝瓜籽。一坑撒十几颗种子,将土盖上。她说:"不要把蚯蚓弄死,它会在里面吃别的害虫。你的董江叔叔比我懂得多,他总教我好多东西。"

"董叔叔什么都会吗?"

"是呀。"

"那二姨父呢?"我几乎脱口而出,心里吓了一跳,印象里不记得有这个人的存在。

"他,是个好人。"二姨说。

"他在哪里?"

"专心撒种子。"二姨明显不高兴了。

我不再吭声。

记得那天我们种了好几样青菜苗,都是二姨食堂的同事给的。都说夏天种子不容易活,但不试怎么知道呢?有些菜不一定只在春天活,黄豆芽在屋子里弄点水盖上布都能长一大盆,二姨说着,抬头看着高墙,蹲下把土里一块石头挑出来,扔到墙角。

荒地里不时会有虫在草丛中飞来飞去。阳光下,沟那边的水哗哗流着。那水太脏,可能每家洗衣槽的水都流向这儿。

一连好几天,我们吃过晚饭后,都在窗外的荒地挖土种菜。我们将带须的小葱头和大蒜瓣直接插入土里,二姨说:"这土好,肯定能长出小葱、蒜苗来。"

"那以前为啥子没种?"我问。

"以前没想到,好多事都是这样,没想到,事情就成了另外的样子。"二姨回答道,她的眼睛里聚集了好些东西。我太小,弄不清,我只感到她在这一刻,从她的身上传递给我一种冷气。

她感觉到了这点,伸开双臂,把我拥在怀里,好一阵子,才松开。

稀饭容易煮,一碗米淘过后,放大锅水,放一把绿豆。一个小时后去端锅,在水槽放凉水,锅放入,让稀饭变凉。稀饭配肉丝炒泡豇豆末,我和二姨口味差不多。夜夜我上了自己的床,睡到半夜后,都会爬上二姨的床,然后睡得像头猪一样沉。

滑板

早上,二姨坐在圆桌前,眼睛里有红丝,看着窗外小街说:"昨夜打雷闪电,下了好大的雨,我醒了好几次,睡着了,尽做噩梦。你看早上气温不热,最多只有二十四摄氏度,很舒服。"

窗外小街已有孩子在玩了,好几只蜻蜓在飞,他们试着抓它们。

我坐在二姨边上,吃着麻辣小面。

二姨上班去了,她看看我,想说什么,却转过身,拉上门,把门锁上了。我坐在桌前抄课文。我的作业本上画了好多女孩子被关在铁栏杆里。可能她看到了,她才有那种神情。中午二姨回来,我们坐在同样的位置上吃中饭。这时董江抱着一个报纸裹着的东西推门进来。

"吃饭了吗?"二姨问他,他点点头。他把怀里的东西放在地上,对我说:"打开看看。"

两大张报纸一起包裹，我掀开它们，里面是一个崭新的滑板。二姨站起来，她蹲在那儿瞧，翻过来看后面焊的铁轮。木板是刨平的，漆了清漆，滑板前端有一个搁脚板，也是掌管方向的舵，跟叶子的滑板一模一样，只是他那个旧旧的，我面前这个新。

"我给你做的，喜欢吗？"董江问我。

我点点头。他身上有酒味，大络腮胡虽剪短了一些，看上去还是那么恶心。

二姨对他说："真有心，不告诉我，悄悄给小六做了滑板。"

"小六，你得小心，我在板前系了一根绳子，可以拖上坡，不过你不要让绳子拖在地上，会弄断绳子的。"

"我下坡滑时，会小心的，董叔叔。"

我第一次叫他叔叔，他开心地一笑。"你会滑？"二姨站起来，突然怪怪地看了我一眼，问我。

"会……一点。"我说。

"要小心。先在平地上练，不要去特别斜的坡。记住没有？"二姨说。

"记着了，二姨。"

"千万小心！答应我！"

我点头。

她看了看我，走下去戴她的帽子，准备上班。

董江也离开了，他把门锁上了。我在屋子里，一个人摆弄着滑板，拖着绳子，在屋子里走来走去，想去屋外滑。房外小街上有不少人，也有小孩子在奔跑、放风筝，我不想当着他们的面玩滑板。这时我想起叶子，好几天没见他了。那么晚上跟他一起滑，他一定会吃惊，我也有一个滑板。

我到了里屋，窗外那荒地有一道人影，静静地站着，就在水沟那边,就在动物园的高墙下。那背影让我的心一下子悬空,我再望,那背影侧过身,用手捂着脸,没看我,匆匆走掉了。那人穿着灰衣!我没有看错吧,那个在动物园里跟在我身后的人也是灰衣。

不可能是同一个人。

可我害怕,如果这幢红砖房子突然失火,我怎么办?幸亏我人小,可以从窗子的铁柱里钻出。这些大人脑子是豆腐渣!他们活在他们的世界里,不管我们孩子的心灵和想法,这个世界太不公平了。我站在屋子中央,头顶是一盏白炽灯,我生气地开灯关灯,拉了好久,灯泡终于不亮了,如法炮制,吃饭房间的灯也不亮了。走到柜前,我拿起镜子来看,镜子里的女孩,两条辫子是二姨梳的,过了一天后,变得毛发刺刺的,不溜顺了。我索性散开辫子,披在肩后,这使我的眼睛更加漆黑发亮,脸蛋比刚来二姨家时有肉了,气色也红润多了。如果爸爸妈妈不来接我,我一辈子在这儿,关在这儿,又有什么不可以?我可以,不必想他们。这时,泪一下子涌了出来,父母不要我,我也不需要他们,我就在这儿上学。这个想法让我变得硬气起来。我用手抹去眼角的泪,爬上床,踢掉凉鞋,躺在枕头上,睡意马上袭来。

二姨回家了,她叫醒我,我睁开眼,看到窗外天色黑下来,可我困得很,又闭上了眼。她伸手摸我的额头:"没发烧,那你躺着。饿了吗?"

我摇头。

"我给你留饭了。"

她走开,拉了一下灯。可是灯不亮。"灯泡怎么坏了?"她咕哝了一声,走进来,拉灯,灯泡还是不亮。她蹲在床下拉出一个纸箱子，从里面拿出两个灯泡，又移来板凳，站上去换灯泡。这才回到外面房间吃饭。隔了一阵，她走进来看我，说想在屋里搭一个阁楼。也不是阁楼，她指着我的床的位置，说在这上面做一个可以放床的空间，多少孩子都睡得下。下面呢，可以放一张大一点的书桌，写作业，需要大一点的位置，不要挤挤缩缩，字写得不周正。因为屋顶高，三米多呀，她一直在攒钱，购一些木料，到时请董江找几个朋友来做，她给他们当下手。

这跟我家斜而低的阁楼不同，二姨想的只是一个能放下一张床的阁楼。除了镜子后面那个男孩，她有别的孩子吗？好像没有，那为什么搭这种阁楼？我想象着，这个高空间有了床和书桌是什么样子。书桌在高床下，睡在上面，必然夜夜做好梦。难道她把我当作她的孩子了？一切是为了我？

这让我心里有些感动。我家有个真正的小阁楼，从旁边的窄楼梯上去。有一天父亲爬上木梯，打开小天窗的门，对站在角落的我招手，问我要不要上来。我点点头，爬上木梯，第一次上到天窗。父亲弯身到天窗外，给了我一只手，我握着，颤抖着移步到天窗外。

我踩在瓦片上，嘎吱响，风吹来，我抬眼一看，灰暗的天色中，乌云紧密地卷裹，仿佛随时要砸向那些高高低低破旧的房子。我转过身看前方，那是江，有船在行驶。父亲看着江上的货轮，说："我以前开那样的船。"

我从未听他说过，很惊奇。

父亲说："我找找照片吧，可能会有几张照片。"

我坐了下来，父亲坐在我边上。乌云压得更低了，压着江上的船。我盯着父亲说的那种船，船拉响汽笛，声音响彻两江三岸，那浓重的乌云居然淡了好多。

天上这时飞过一架洒农药的飞机，喷出的药雾，像拖着长长的尾巴，穿越那些乌云。

那些乌云在我眼前晃动，我躺在床上，如同身在一条小船上。母亲肯定回家了，不必父亲去找。这些天，天都阴着，并不像之前是雨天，父亲一定把阁楼屋顶补好了，以后不怕漏雨了。

我闭上眼睛。

有人敲门，二姨走过去把门拉开。两人的脚步移近，一股酒气飘进屋来。脚步声近了，脱衣服的声音，轻轻的笑声，亲吻的声音，两个人在对面那个床上倒腾，响声很大。我迷迷糊糊，想看他们，但睁不开眼。之后，我完全睡过去了。

天上的流星

胸口好重,无法动弹。我挣扎着,使劲踢脚,猛地睁开眼,在床上坐起来。二姨的蚊帐垂下,我下床走过去,董江睡在外侧,紧紧地抱着二姨。我走到外面房间,看到窗外月光铺了一街。我抱着滑板,打开门,走下房前的石阶。

刚把滑板放在地上,就听到了脚步声,抬头一看,是叶子,我高兴地跳起来。

"好几天不见。"他和我击掌打招呼。

我让他看我的滑板,他马上蹲下来,翻过滑板看,说跟他的滑板几乎一模一样。"做得好好呀,比别人的木板和滑轮车好,我最喜欢这种滑板,坐上去,站起来,都结结实实。好吧,小六,我们今天可以双滑。"说着他让我坐下,把左脚放在滑板前面的搁板上,右脚放在地上。看到我准备好了,他也坐在滑板上,把左脚放在滑板前面的搁板上,右脚放在地上。

"准备好了？"

"好了！"

"我喊一二三，喊到三时我俩一起滑动。"

"好。"

他抚了抚额前的乱发，露出饱满的额头，整张脸也清清楚楚，他的眼睛好黑好幽深，闪烁着光，他的鼻子也生得好挺拔，嘴角却紧抿，像是在思考一样。他朝我看了一眼，轻轻一笑，说："真好，小六，有你在这儿。"

他看我的神情好特别，很专注，仿佛他整颗心都系在我身上。长这么大，从未有哪个男孩子这么看我，这么喜欢我。我羞红了脸，低下头。

他反而哈哈大笑。

"你……特……特别像……一个人。"

"哪个？"

"像……反正……正……我……见……我见过……"我在脑子里搜寻着，叶子很像我见过的一张脸，那眼睛，那下巴，那神情，可是我一时说不出来是谁。

"看着我的眼睛，不要紧张，张开嘴，不要怕，就不会结巴。"

"我不想，结巴。"我看看他的眼睛说。

"你看，好多了。"

我有了信心，说："我知道你，可是，我想不起来，在哪里见过。"

"你看，比刚才更好。你不必现在告诉我，以后慢慢想，想好了，再告诉我。好了，听好，小六，准备，"叶子看着我喊起来，"一，二，三！"

我和他都把右脚放上搁板，滑板顺着斜坡在小街上滑起来，这条小街空寂无声，在夜里像一条专门的滑板道。这第三排房子与第二排房子的右侧，到底通向哪里，我没有数，我只希望滑板不要停下来，我和叶子可以一直往下滑，我们的倒影在地上拉得很长，渐渐地像两艘坚硬的船并驾齐驱，所向无敌。天上出现了一颗流星，从动物园那头一闪而过，照在我们的前方，白光一片。

"站起来，不要怕。"他叫我，先站起来。

我慢慢站起，滑板在我的脚下，我的身体微微躬身向前，但没一会儿，我跟叶子一样直起身了，张开双臂向前滑，感觉远远近近的风，都聚集在这儿，鼓荡着我的身体。两边的红砖平房和树木在频频闪过，我和叶子高兴地叫起来，我们向前，向前，向着那未知的深处。突然我感觉道路左边站着一个穿灰衣的人，伸出一双有力的手将我往边上狠狠地一推，我整个人跌出滑板，天哪，我想我要死了。

就在这时，一只冰凉的手扶着我，轻轻一移，与我一起站在他的滑板上，是叶子。那个灰衣人大叫起来，朝我吼："臭人，我要你死！你哪个不死？"

我看清楚了，那是一个女人，董江的老婆。她飞快地扑过来，可是叶子比女人更快，滑板一转，女人扑了个空。我右脚下地，呆呆地看着她，不知她为什么要这么做。

她跌在地上，摔得鼻青脸肿，她的手擦破皮，流着血，她看了看，把手含在嘴里啜血，突然抱着我的滑板，站起来，往一幢房前的石阶上摔。滑板倒是结实，没破，她捡起来接着摔，底座轮子和木板裂开，木板也成了两块："他做的，他做的。"董江趿着拖鞋奔过来，一把拦着那女人，不让她砸滑板，女人打他耳光，他也不还手。

二姨跑过来，一把拉着我往家的方向大步走："小六，幸好，我发现你不在床上。快点！"

"烂婊子，小婊子，给我站住。小婊子，算你的命比叶子大。"女人跳起脚来喊。

"唐庆芳，你说啥？叶子，你……"二姨松开我的手，转身，变了一个人似的朝那个唐庆芳走过去，仿佛是一头受伤的野兽。

"你活该，是我，就是我。"唐庆芳突然冷冷地一笑，指着董江说，"你要我男人，我要你孩子。我推了叶子，他在滑板上，像断线的风筝飞出去。哈，掉在地上，没有气了。"

叶子是二姨的孩子？！我惊呆了，难怪我觉得他像一个人，像二姨柜上镜子背面照片上的男孩子。我的目光找着叶子，可是整条小街上没有他的身影，也没有他的滑板。唐庆芳抓起地上碎裂的一块木板，对着二姨要砸过去，董江把唐庆芳的双臂连着上身一下子抱住，她竭力想挣脱他，踢他，咬他，扯他的胡子，骂他："你尽帮她，对我这么狠心，没我，哪有你！没我，哪有你这个婊子！你有良心吗？你们合伙对付我，你们的良心被动物园的狼吃了？！"突然她的眼睛与我的眼睛对上了，一字一板地说，"小婊子，跑得过初一，跑不过十五，让你跟叶子的下场一样！"

二姨奔到唐庆芳的跟前，抬起手，重重地打她的脸，打得她嘴里流出血来，抓着她胸口的衣服："说，叶子在哪里？"

董江也在吼："叶子在哪里？"

二姨抓着唐庆芳的头发："说，他在哪里？"

小街上发生的一切，惊醒了熟睡的人，越来越多的房门打开，拥出好多人。

"找到叶子了？"他们既是邻居，又是钢厂职工，关切地问。唐庆芳咬着牙不吭声，董江黑着脸，抱着唐庆芳不松手。二姨松开手："说，你晓得叶子在啥子地方，是不是？"

唐庆芳不说，双眼瞪着二姨。二姨的手捏着唐庆芳的脖颈。唐庆芳的呼吸困难，喘不过气来，她怕死，只能朝二姨点头。

45

公安局的人是什么时候来的,我不知道。唐庆芳说了地点。他们打着手电举着火把到第三排红砖平房对着动物园的那片荒地,他们找来家什,挖地。虫子在光照下乱飞,叮咬这些人露在衣服外的皮肤,留下一个个红点,但他们不管。

他们不让我靠近荒地,把我反锁在屋子里。我站在睡房玻璃窗前,看到外面荒地上,加入的人越来越多。

"我们两年前尽在汽车站、火车站、动物园找,怎么没想到在这地方找!"

"想不到那婆娘那么歹毒,杀孩子,杀了一个,还要杀一个。"

"大人的事,怎弄孩子!"

"哎呀,不要说了,快找!"

我想出去,就上了五屉柜,先让脑袋出窗子的铁柱,身子再侧出,抓着铁柱,从那儿跳下地。手电乱射,火把乱晃,他们在荒地里挖。唐庆芳被带到一处,她指,他们挖,什么也没有。她被押着到另一处,她指,他们挖。动物们听到高墙这边的动静,一直叫个不停,像是在争论什么似的,有时是一种动物叫,有时是几种动物同时叫着。天麻麻亮时,二姨指着自家窗外的荒地,让他们挖。挖到了一个硬东西,是一个滑板,还有一件烂掉的衣服、一双球鞋。二姨一下子瘫软在地上,抓着那些东西哭了起来。"叶子呀,是你那天晚上穿的鞋子呀!叶子呀,妈妈以为你去动物园被人拐走了,到处找你,没想到你就在妈妈的眼皮子底下。"

唐庆芳朝二姨吐了一口唾沫,大笑,边笑边骂:"你活该,你有报应。我不想杀他,我只想杀你!我早就活腻了,早就想杀你们!"户警把唐庆芳带走,她走得趾高气扬。

可是在那个坑往周围多挖一百米,又往坑深处挖,都没有找到叶子的尸体。

父亲来了

门外有人敲门,很轻。二姨问:"谁呀?"

可能她的声音太小,门外没动静。我跑过去打开门,是一脸严肃的父亲,他本来就瘦,现在脸更瘦了一圈,人像纸片儿,手里拿着一把黑雨伞。我看了看天,没下雨。

那时人与人联系,一是凭"11路",就是腿走路;二是凭熟人带信,电话只能通过特殊部门。是有人带口信给父亲,或是他自己的感觉,或是这边九龙坡的户警告诉南岸的户警,反正他来了。

父亲站在门口,轻声说:"我来接你回去。"

二姨不想我走,对父亲说:"我已经习惯眼前有个小人儿晃来晃去,如果她出事,她的妈妈会怪罪我的。"

父亲点头。

二姨的精神状态不好,如同两年前叶子失踪时一样,那时还抱有一丝叶子活着的希望,现在可以确定他丢了性命,只是寻不到尸骨。她无法睡觉,无法上班,好在钢厂医务室给她开了两周休假条,她不必上班。公安局成立专案组想破案,审讯唐庆芳,每次她都否认把尸体扔到江里或是埋在别的地方,一口咬定,害死男孩那天晚上,她把他埋在荒地了。"让他离他的妈最近!"说完她哭了起来,马上又开心地跺脚。

董江带了一些菜来,与父亲点点头。两个男人在厨房里做饭。

我站在绿门前,小街比以往忙碌,学生都放暑假了,大人带小孩子们在玩,在地上用粉笔画上格子,跳棋玩;也有滚铁环的。

"小六给你们带来了麻烦,很抱歉。"父亲的声音。

"一家人不说两家人的话。"董江的声音,"抱歉的是我们,那婆娘做得太恶毒。她一直纠缠,吵闹离婚,但又不离,三天两头弄事,完全想不到叶子是她害的。"

"她居然害了叶子,不敢相信。"

"现在差点害了小六。"董江的头撞墙,"我是个窝囊废,我无能,我是个废物!"父亲拉着董江,董江激动地说,"我那么心疼叶子,心疼二妹,喜欢小六,那婆娘是在挖我的心。"

父亲说:"现在她被关起来,会被判刑,多半是死刑,会挨枪子。按法律,只要申诉,法院可以判离婚。"

"进牢里可以离。可是,如果她进了疯人院,就离不了。我和二妹都不在乎离还是不离。"

父亲突然回头看到站在门外的我,便把门关上了。他们的声音放低,我什么都听不到了。

那天,我们四个人一起吃了一顿丰盛的饭,有咸菜、红烧肉和干煸四季豆,还有一个青菜煮豆腐汤。二姨勉强喝了一碗汤,她看着我,慢慢说:"我还没陪你去动物园呢,走前我们去?"

我点点头,又摇摇头。

二姨夹了一块红烧肉到我的碗里:"多吃点。"

"过段时间,我再送小六来。"父亲说。

那是个午后,我跟着父亲从二姨家走出来,那个滑板被摔成几大块,木板连着焊的轮子,前面的搁脚板断了,放在洗衣槽边上。重庆的气温陡然上升,穿件薄衫都觉得热。

这时我听见一声吼叫,跟尖耳朵老虎的吼声很相像。

父亲看看我说:"要不要去动物园?"

我没想到,看着父亲,我点点头。

父亲陪着我去动物园,每个馆我们都走了一遍,老虎和狮子馆,我待的时间最长。父亲在边上站着,那儿有一个人工湖。

尖耳朵老虎认识我,把手掌伸出铁栏杆来。

它看着我的眼睛,跟叶子好像,我想叶子。他在哪里?我摸着它的手,轻声问。尖耳朵绕着铁笼边走着,微闭眼睛,突然原地转圈。我看得眼花了,仿佛好多尖耳朵在转圈。叶子说尖耳朵高兴时会原地转圈,那它难过时,也这样?尖耳朵想说什么呢,我不懂,但我心里明白它试着在说什么,因为它的眼睛里有泪花。尖耳朵慢慢停了下来,睡在石头边的小老虎猛地睁开眼睛,仰天长吼,声音凄厉悲鸣。

"我们走吧。"父亲走过来,握着我的手,问,"去看斑马和猴子?"

"好呀,我上次看了,没看够。"奇怪,想到叶子,我说话一点也不结巴了。我弄不懂这是怎么回事。

"上次?"父亲问。

我说漏嘴了,不再吭声。

49

太阳下山，我们才到达朝天门码头，在沙滩上一步一个脚印，走上长长的跳板，在趸船里等候。江上永远雾蒙蒙的，我们坐进过江轮渡船尾的位子。哨子声响，船离开趸船，朝南岸驶去，江水汹涌，在船尾激起一片片浪花。

跟着父亲进了家，我马上检查，发现阁楼不漏雨了，父亲补了瓦片。那个周末，母亲回家了，她一把抱着我，松开后，看了看我的脸，说："瘦了，今天我给你做一碗荷包蛋面，补补。"

1981年 玉子

从那之后好多年我都没有见到二姨。1979年到1980年，我参加高考两次，都差三分。1981年我又考了，收到高考成绩，离上大学的分数线差一分。这是命吧，再考大学，不现实，我当时离家到处流浪，写诗写小说，寄住在一个写诗的人家中，总不是办法。一所中等会计学校录取了我，两年后有铁饭碗，不愁生存，考虑了一下，便决定结束流浪的生活。

那天下午，天上飘着毛毛雨，公共汽车站的旅客上上下下，车子行驶并不快，终于停在北碚铜仙镇站。天突然晴了，几束阳光从乌云中钻出来，非常灿烂，非常不像重庆。十九岁的我扛着铺盖卷、提着行李箱走下车。车站离学校大门不远，上一坡陡峭的土马路就到了。

站在高处，下面是嘉陵江，依山而建的学校映入眼帘：一幢幢旧旧的灰砖平房中有两幢红砖七层新楼，大小两个操场，好多黄葛树、夹竹桃，长满青苔的青石板路。守门师傅是一个胖胖的中年男人，他热情地介绍："这儿原来是重庆一家老机械厂，五年前才改为学校；除了教室、图书馆和食堂是老的，你看那两幢红楼，是学生宿舍和教师宿舍，新的呀，在我们当地最高，了不起。妹儿呀，好好用功学习，学校福利很好。"

我谢了他。

这时又来了几个新生，我们一起朝里走。报名后，我被分到宿舍楼709室，它是楼梯左边最里面的一间，四个上下床，却只住六人，两个空位置放行李箱。我是靠窗的上铺，除我一人来自重庆城南岸外，还有一位来自市中心，其他四个姑娘都是巴县或渠县的。

男生住楼下三层，女生住楼上四层，女舍监住一层进大门右侧，管收发，偶尔上楼来巡房。好在都是十六岁以上的人，生活自理不成问题。食堂凭钱购票，早餐有粥、油条、花卷，有时有肉包子和豆浆，中餐有肉片、烧白和青菜，晚上有红烧肉、牛肉丝炒酸豆角和粉蒸肉，每天都不太一样，但都是麻辣味道。我不吃早饭，中饭也吃得少，一是节省钱，二是习惯，所以，人瘦得像晾衣竿。食堂边上是淋浴室，一男一女，各设二十五个水龙头，每晚五点半到八点半开门，七点时人挤人。开水老虎灶开整天，晚上八点半关门。学校有两个大门，一个在坡上，那是正门，一个在坡下操场，其实是后门。我这才明白守门师傅说的话，相比别的中等学校，我们学校那三顿饭，收费那么少，花样那么多，真是撞上好运了。

校园并不大，离北碚西南联大旧址不是太远，那儿有著名的北温泉，还有几所大学，是我们这儿的中心。学校的图书馆藏书丰富，我借了不少外国小说诗集，当书虫。来了一周了，仍如年少时一样不合群。有一天傍晚我打了二两米饭、一份辣椒炒肉片和一个凉拌青菜头丝,走出食堂,到外面的球场,走到一坡面朝江水的石梯看台,坐了下来。

六点钟,天光还好,我一边看惠特曼的《草叶集》一边吃饭。

  因为除非见到了你,我不能死去,
  因为我怕以后会失去了你。
  现在我们已经见了面,所以平安无事了。

这些诗,仿佛在说一个人。有股力量涌向我的身体,惠特曼这美国老头子太知善恶,太懂人心,我的眼睛红了,那是我童年所有的欢乐,一直在尽力驱逐那些被弃的痛苦和深深的孤独。这时,一个声音打断我:"咳,对不起。"我仰起脸来,面前站着一个瘦瘦弱弱的女生,手里端着一个铝合金的饭盒,问我是不是小名叫小六。

我很吃惊,因为除了家人和邻居,没人知道我的小名。我点点头。

"那我可以坐在你边上吗?"

我同意了。她坐下来,居然跟我打的饭菜一模一样。她穿着白色连衣裙,我穿着黑色连衣裙。晚风缓缓吹来,天没黑,半个月亮已经露在天上。

球场上几个男生在投篮抢球,我们无声地吃饭,我随手翻阅诗集。看到我把饭吃完了,她说:"我是玉子,会计专业一年级二班。"

在这个中专学校,只上两年,那么她跟我同年级,不同班。

玉子大概知道我在想什么,停顿了一下,对我说:"你的样子跟小时太像了,尤其是眼神,所以,我一下子认出了你。不过,以防万一,我得确认你的小名。"

我看着这个叫玉子的人,她说:

"我是你二姨的二女儿,叶子是我的哥。"

我惊得差点把手中的搪瓷缸摔了,说:"这怎么可能?"

玉子说:"你记不得我,我可记得你。那一年,我弟弟上一年级,我上小学二年级,你爸爸领着你来我们家。"

我根本不记得二姨有别的孩子呀,只有叶子,在镜子背面的照片里,还是他更小时的照片。我对面前这个玉子说了。她一笑,说,她和弟弟都记得我,总是白天睡觉,夜里睡不了,在屋子里转。幸亏我不睡,她和弟弟睡那床宽敞了。她的妈妈也没办法,为了让我白天有事做,便带我挖地、种菜。

"种菜,种了青菜,种了葱,还有南瓜。"我记得这事。

"葱长得好,知道吗,那些南瓜,每株根结了五六个,很甜,粉粉的,我们吃不完,都分给了邻居们。"

"想知道我弟弟现在在哪儿?"

我点头,虽然我根本不认识她的弟弟。

"他今年上了哈工大。我妈妈可高兴了。"

玉子说完,左手握右手,把指关节弄得咔咔直响。

"叶子找到了吗?我的意思是他的尸骨。"

玉子摇摇头。她看着我,说:"你走的那天夜里下了好大的雨。动物园的高墙坍塌了,在我家窗对着的那块荒地,跑出来好多动物。"

"有尖耳朵?"

玉子疑惑地看着我。

"那些动物去哪里了?"我问。

"听说，它们先在挖出叶子衣服的坑前站着，后来走到我家门口，寂静无声，然后朝前走。"

"你看见了？"

"我睡着了。但有邻居看到。第二天大家都在说这件事，说是它们去了街的尽头。"

"我觉得太怪。"

"是有点怪。不管我相信不相信，动物园真的来修那墙，真的好些动物都不见了。你相信吗？"

"我不可能不相信，这个世界外一定有另一个世界，在我们看不到的地方。"

"你能感觉到这种世界吗？"玉子凑近我问。突然球场的球被踢到我们面前，重重对着玉子的脸而来。天哪，我身体迅速往后仰。玉子伸出手来，轻轻向前一拂，那球就越过整个场子，越过好多房子的屋顶往江上去了。

我惊得仰起脸，不由得倒吸一口气，问："你咋个做到的？"

"你有兴趣？下次球来，我可以教你。"她不以为意地一笑，"我们说到哪儿了呢？你肯定是能感受到那种世界的人。对了，我记得你穿着一双棕色塑料凉鞋、一件花衣裳，跟着你爸爸往石阶下走，我以为你会哭，但是你没有。你走后一年，又到我家来过，你记得吗？"

我摇摇头。

"你爸爸送来的。在我家待了一个礼拜，你妈妈来接你的。"

"我妈妈？"

"她给我们包了饺子，她做的猪肉韭菜馅，里面有姜丝和油渣，太好吃了，比我妈妈调馅调得好。"

这么说，我妈妈回来了，自她离开家后。那么我是一点记忆也没有。

"唐庆芳死了。"她看着渐渐变暗的远方，突然说。

我转过脸看她，她的脸冰冷。"她是一年后死的。"玉子说完神秘地一笑。

"一年后？"

"是呀，你再来的那一年。"

"被判了死刑，吃了枪子？具体是几月几日？"我问。

玉子摇摇头，然后说："其实，我也不知道，反正他们说她死了。"

我看着她，她的样子怎么看都没有二姨的痕迹，反而像一个人，谁？像唐庆芳的丹凤眼？眼角也有颗小小的痣，只是没长毛。这怎么可能？她告诉我，她的妈妈现在还是跟董江，两个人分开住，她的妈妈说，男女住在一起反而容易生厌，好不长。

晚自习铃声响了。我们只好分手。我得回宿舍，走出一段，我回过头，问她："你家门前那条街通向哪里？"

她一愣，说："我也没走到底过。"她看看我，补了一句，"我有个感觉，叶子走到了底。"

这话是什么意思？我想问她，但发现她脸上出现了笑容，很夸张，一点也不真实，这种不真实笼罩了我，不仅她，仿佛我也是一个假人。于是我一个字不说，沉着脸走开了。

第二部　焰火世界

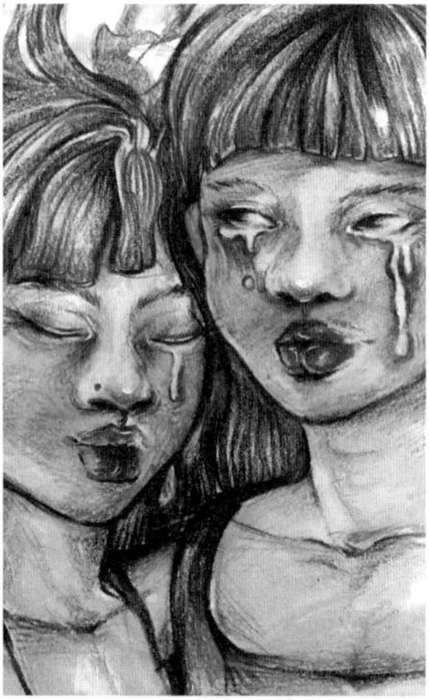

1981年 失眠

除了上课外，其他时间，我喜欢坐在学校图书馆朝山一侧的窗前看书。从那玻璃的反光中，可看到大排装满外国小说的书架，窗外偶尔飞过一群灰鸟，偶尔飞过一只，尖叫着。

我从玻璃窗上也看到自己的脸，营养不良的头发、小小的下巴，一双大大的眼睛，看上去比我实际年龄大，但并不是不快乐。

对这个新环境，说不上喜欢，也说不上不喜欢。因为我不爱说话，709室室友互相之间也不说话，周遭气氛怪异。这个晚上，熄灯后，我睡了好一阵子就被哭声弄醒，下床的人在梦魇中边哭边诉说她的姐姐，她翻了一个身，笑了起来，笑醒了，起床倒水喝。我再也睡不着，打开电筒看书，对面室友破口大骂：

"夜不收，你做鬼呀！给老子赶紧灭了光！"

没办法，我搬了一个矮凳子到走廊。

七层的宿舍楼没有电梯，楼梯口在走廊中间位置，每层有个漱洗室，里面有一排带门的陶瓷蹲坑，中间有道半人高的木门。虽然清洁工打扫很干净，几乎没有厕所惯有的臭味，我还是尽量离那儿远一点。整个走廊有两盏白炽光灯，一盏就靠近窗口，而且从窗边有路灯投射过来。我在那地方坐下，看狄更斯的《雾都孤儿》。

奥立弗和别的孤儿饿得不行，他要求加粥，结果被关进小黑屋。比起小说里的世界，我幸运多了，可是我的肚子咕咕叫起来，真想吃点什么。

"我也饿，我们去钓鱼吧，这江里有好多鱼，可以用火烤。"一个软软的声音说。我抬头看，发现一个苗条秀气披着长发的姑娘，站在走廊白炽光灯泡下，离我有五六步远，正盯着我。她何时走近我，居然一点声音也没有？

"你不认识我了？"她一笑，"我是玉子，与你同年级，都是会计专业。"

"玉子？"我喃喃地说。

"你三班，我二班。那天我们一起坐在球场看台上！"

我点点头。我似乎记得，又不肯定。

她整个人靠在墙上，走廊灯被风吹动，她投下的一道影子也在摇晃。"烤鱼，我最喜欢放盐和辣椒面，妈妈做得最好吃。钓鱼，你会吗？"

"我小时钓过，跟我爸爸。"

"你在我们家时也去钓鱼。我记得你们当时钓到老鼠鱼。"

我想不起来，觉得没有这事。

"那是长江。长江有老鼠鱼罕见，要是在嘉陵江能钓到老鼠鱼，就可以吹牛了。因为那是江里最好吃的鱼，头像老鼠，味美肉嫩,都说它是人间奇货,先用菜油两面酥黄,用郫县豆瓣酱炒香后,放泡姜泡海椒,下一碗水红烧,非常下饭。"

我听得肚子更饿了。

"你喜欢钓鱼吗?"她问。

"钓鱼有点枯燥。"我说。

"你不懂钓鱼的乐趣,就是计划好了,一切在等待中,等着你的鱼儿上钩。哎,说真格的,想去钓鱼吗?"

"现在去钓鱼?快半夜了?"

"我有钓鱼的东西。夜里当然可以钓。"她拿出一根纸烟,一头在墙上磕碰,然后含在嘴里,用一把旧旧的绿打火机,按了好几下,点上,抽起来。

学校不允许抽烟,不过私下里,男生总躲在一些隐秘的角落里抽,很少有女孩子抽烟。玉子抽烟的姿势很老到,显得右手长长的,脸侧向走廊的窗,一股风吹来,她的身体飘过一种薄荷的味道。不知怎么,我觉得有些熟悉。她的脖颈有颗痣。像谁呢?我想不起来。我收起书本,准备跟她去钓鱼:

"好呀,钓鱼,我们还可以游夜泳,裸泳。"

她听了,两眼放光:"你行吗?挑战我?"

"我才不是故意吓唬你。"

"你是觉得我是这样的人?"

我笑了:"你可以办到的,我的胆子很小。不过,没关系,我们先钓鱼。"

"当然不是现在,学校操场那儿的大门锁了,除非我们翻大门。"玉子说。

我心里升起一丝儿失望:"一定要翻,我也不怕。"

"我不怕学校,我怕水鬼爬起将我们两个大姑娘抓去做新娘。"

"有这种好事？不是水鬼，是江里阎王，怎么说都是王的新娘，不差。"我一本正经地说。

她也笑了起来，长吸一口，优雅地抖烟灰。她把烟递给我，我有些惊讶，取烟过来，抽了一口，递还给她。她意味深长地看着我，眼睛亮闪闪，非常挑逗人。她上衣是浅灰色，下面是一条棉布裤子，缩水短了一大截，有些调皮，赤脚，有些不修边幅，加之头发松散下来，整个人显得既颓废又神秘，强烈地吸引了我。

她撩撩头发，说："我头发多，洗了，不容易干。"她俯下身，像要亲我的样子，我条件反射地转过脸。

"你在看啥书？"

我把书封面朝向她。

她说："哎呀，《雾都孤儿》，听说是英国大文豪写的？"

我点点头。

"那你看完了后借给我。"

"学校阅览室借的，到时你从那借吧。"

她看着我，没有说话，把燃着的香烟递我。

我摇摇头。

她慢慢地扭着腰肢往楼梯口走去，脚步停了一下，似乎想说什么，却止住了，继续朝前走，推开里面一个门。我扫了一眼那合上的门，写着705。

我回到寝室，躺在冰凉的铁床上，脑子里翻腾得厉害，这个玉子很特别，她撩头发的样子始终在我眼前。窗外斜对着大操场，有人走动，也有说话声，夹有咳嗽声，远处有狗在狂吠。

这像是在提醒我，玉子与我的认识。她当时在食堂，跟着我一路走着，之后我们在篮球场的看台上吃晚饭，她说她叫玉子，是二姨的女儿。当时我收到这学校的录取通知书时，写信告诉了二姨，由此玉子从她那里知道，也报了这学校。太巧了！二姨与母亲沾亲带故，据她们说，在重庆解放前，也就是20世纪40年代，都是从忠县乡下跑进重庆城的年轻姑娘，同姓不说，关系还亲过同胞姐妹。玉子说她有个哥哥叶子，多年前失踪了。那天她说的事，跟我的记忆不符。我记得叶子失踪多年，最后因为我的出现，一个叫唐庆芳的女人承认叶子是她所害，却找不到尸体。唐庆芳的老公董江，对二姨一心一意，因为嫉妒使唐庆芳发了疯！唐庆芳当时还想害我。

那是1969年的事，十二年前，我只是一个不到七岁的小孩。

当时在二姨家，我从未遇到玉子，也没听二姨、董江说过她。

我可以给二姨写信，可是她家门牌是几号？也许，有必要回一下二姨家，去问问。二姨家那山坡上红砖房子，在我的记忆中全是对称的，有一坡石梯，左右都是一模一样的黄葛树，旧旧的红砖房一模一样，一样的绿窗，每户门前有几级石阶。二姨家的后窗，有片杂草丛生的荒地，有堵高高的院墙，里面就是西区动物园，那院墙在阳光下泛着一片灰色。

我的头开始痛。

叶子，在我幼年在西区动物园边上度过的奇怪的时光，他是我唯一的玩伴，他的模样还是模糊的，这么多年过去，我还没准备好将他从心灵深处捞出来。

低年级的教室在一坡石梯上面，右临嘉陵江，左靠坡，坡下有两幢平房打通，是图书馆。我所在的三班靠坡。早操时，我没看到玉子。我打听了一下，玉子姓唐。二姨也姓唐，跟母亲姓，也正常，说实话，我从未见过二姨父，对他的情况一无所知。上午头两节课是语文，我上得心不在焉，课桌下抽屉里放了一本巴尔扎克的《小裁缝》，正在偷偷看。

"上次我布置了课外作业，我让你们读哪一个外国诗人的诗？"语文老师在问，她剪着齐耳的头发，穿了件花格子衬衣，她的目光扫视在每个学生的脸上。

我抬起头来。语文老师经过我，我刚松一口气，却听到她点了我的名字，让我回答这问题。

我慢慢站了起来，答道："是俄国诗人普希金。"

"普希金最有名的诗是什么？"

"《假如生活欺骗了你》《致大海》。"

"那他有名的小说叫什么？他怎么死的？"

"《叶甫盖尼·奥涅金》《上尉的女儿》。他跟人决斗，受了伤，死了。"

她看着我，没言语。

我坐下。我敢保证，能回答这问题的同学只有少数。读课外书，中专生一般会挑金庸、古龙的武侠小说。但我喜欢普希金，在整个少女时代，我抄他的诗和小说中的金句，当作我的精神食粮。文学是我苦闷生活的救星，没有饭吃，我不怕，但没有文学，我活不了。

下课铃响，大家纷纷拥出教室，到操场做课间操。有个个子高高的男生走过我身边，脚步停了一下，又继续朝前走，走出好一段，回头看着我。我与他离得有些远，刺眼的阳光晃动在眼前，那男生有点像班长常彦。我再看时，那个人已走开了。

我朝操场走，一只柔软的手抓着我，我知道是玉子。"不要做课间操，你跟我来！"

江边

我们悄悄从操场那儿的大门溜出,为了避免被人看见,绕了一圈路才到达江边。

绵长的嘉陵江从秦岭流下来,在重庆朝天门融入长江,之前途经北碚铜仙镇,学校的院墙其实也是原工厂的,为了阻止外人进入。我们急急地走着,眼睛望不到边的沙滩上,不时有涨水时江水冲出的沟壑;生长着茂密的芦苇,我和玉子如兔子穿梭其中,发出窸窸窣窣的声音。离远了,学校的大喇叭广播里体操激情澎湃的女音就小多了。

玉子停下,说:"我不喜欢做课间操。你不会认为我会带坏你?"

"你找我有什么事?"我问。

"我感觉他恨我们这些活着的人。"

"谁?"

"当然是叶子了。"她朝江里扔下一块石头,石头在江面飘了起来,正中了一艘过路的小货轮正身。感觉这力量凶猛,船身随之晃了一下。

"你如果要摧毁那船,是不是可以办到?"

"我哪有那能量?"

"我看到船摇了一下。"

"你看歪了。"

玉子看我:"哎,你觉得他埋在哪里?当时,所有的地方都找了,找不到。"

"害叶子的人晓得。"

"我问你,他可能在哪里?"

我想了想,说:"对了,那个人姓唐,叫唐庆芳,她没说老实话。我虽然想不起她长啥样子,可是我记得她的眼睛,充满吓人的火焰。噢,她真的死了?"

玉子一愣,继续问:"唐庆芳当时把叶子埋在后窗那块荒地,对着动物园的院墙。她不会说谎。"

"那个女人是个魔鬼!"我说。

"她那样做是有原因的。董江成天照顾你呀,新仇旧恨!可能,她的脑子不够用,坏掉了。"

"你帮着她说。"

"事物总有另一面,才能说得通。所有的人忽视我。所有的人眼里只有叶子,儿子才是传宗接代的,是家人,女儿不是。封建脑袋。"

"我爸爸当我是家人。"我说。

"你妈妈模样很靓,不像我们这种工人阶级。我妈说,她就是一只不死鸟。"她站起来,突然打了我的肩膀一下,"啷个样,这周,跟我回家,小环子?"

我吓了一跳。这小名,除了我母亲没人知道,母亲也只有在特别高兴时才叫我。家人或亲戚都叫我小六。母亲就是一只不死鸟——这个比喻太丰富了,我完全没想到,呆呆地看着玉子,心境暗淡。她说要回九龙坡西区动物园,我想去,点了点头,又摇了摇头。

"犹豫啥子?"玉子扔块石子到江面,石子落入水中,荡出好一阵水花,有鱼游动在其中。

"真的有鱼,我们得钓鱼。你现在游泳水平如何?记得你小时不会。"玉子说。

"不太好,相比别人,只敢在浅水里扑腾。我真的怕水。"

她听了,反倒安慰我:"我也不太会游泳。"

江面起风了,钻入薄衫里,凉凉的,夏天已悄然结束了,秋意加深。我的头发也乱得盖着眼睛,我看不到玉子的表情。她和我说了一声再见,就往学校方向走去。

我不想回学校,就在江边坐下来。

江面浮着一个木盆子,一直往下游漂。这儿的情景很像小时,长江涨大水,江面什么东西都有,木盆、木椅和竹床,也有人头。我喉咙像着火一样难受,吞了吞口水。

这一切恐怕不是真的。可我用手指掐腿,即刻有痛感。

与长江相比,嘉陵江一向绿绿的,在夏天涨大水时,才变黄,那只是很短的时间。我喜欢这苔藓一样的色泽,尤其是阳光直射时,江边小草或树叶沾上水汽和露珠,有种心里珍藏的东西留下印记的感觉。这江里肯定有鱼。玉子说钓鱼,我心情陡然变好。坐在江边礁石上垂钓,捧一本小说,戴一条花头巾,看几章小说,看鱼竿拖着的线移动,那头是充满危险的鱼饵,好像并不枯燥。

我对钓鱼有了兴趣，也有了期待。

江对岸有不少沙丘，杂草半人高，丛丛芦苇，虽然也有礁石和成片的沙滩，但怎么看都怪异：天色青黑，云朵卷曲着，压得很低，像冥界牛头马脸，甚至大象形状，灌木丛中有大片芭蕉，山峦起起伏伏，看不到边缘。当我注视时，感受到对岸有股吸力，让我倾身，甚至想向前去的冲动，手脚一丝发凉。我急忙收回目光，发现江岸上一个中年男人从礁石上朝我走来。

我站了起来。

男人走近，在十来米远的地方，我认出他是祁老师。他穿着西服外套，头发理了，戴着眼镜，算是中学的万金油代课老师——数学课老师有事，他可代；语文老师生病了，他可代，有时也代别的年级，经常在学校里遇见。

"祁老师好，真巧，在这儿遇到。"我说。

"我去学校，在后门遇到一个你的同学，说你在这儿。"祁老师说。

我心里想，他遇到的人不会是玉子吧？

祁老师声称坐了几个小时的车来看我，要我随他在河岸上走走。我本来就不想回去上课，二话不说，便跟着他在江边走。

我们走了一段路，祁老师说起我以前的事，说我几乎门门功课好，考试成绩也好，不上体育课，不爱和同学说话，总从他那儿借小说看。看完《野火春风斗古城》和《破壁记》这类书。我要借《茶花女》《简·爱》等外国小说。他居然也借了。他说，最好我看完小说写写读后感。我做了，给他看了。他说，你看书和别人不同，该写些故事吧。我其实写了，但我不准备给人看，包括他。他继续借我书，有一次我要借《金瓶梅》。他说书是真好，可不适合你这个年龄的人看。我说每个人看书的目的不同，我是看世界，让自己忘掉这个世界。他同情地看着我，还是叫我去办公室，递书给我时，他拉我到他怀里，要亲我。我推开他，从此不理他。

他在我的抽屉里放了包裹好的书，我打开看，不是《金瓶梅》，而是一本狄更斯的《远大前程》。我看了，偷偷还给他时，里面夹了一张字条：请不要再借我书了。

江面漂过黄菊和白菊，平常清明或过年时，人追思过去的亲人，才往江里放花，所以这时节不该有。

"悼念人，不分时间，对不对？"祁老师读出我的眼神，静静地说。

我问他："你怎么知道我在这儿读书？"

"你是上大学的料。我查了，高考就差两分。太可惜了。中专两年，出来有工作，再考也未尝不可。其实，大学可以自己读。知识汲取靠书本。"他有点不好意思地低下头来，"我也查到你被这个学校录取，便找来了。"

"你晓得我不想见你。"

"我来，就是想确认你在这儿一切都好。"

"你看到了，我很好。你走吧。"我冷淡地说。

"我想你，觉得你那么爱书中的世界，其实你孤独得要命，这点跟我很像。你爱憎分明，又有同情心，我总觉得你心里有好多伤口，我真的想你告诉我，我可能不能治好你。但你说出来，你心里好受一些。"

我听了吓了一跳，祁老师的眼睛太厉害，可以读到我的内心。

"我跟你说了这些，我整个人轻松多了。我真不想我的生活死水一团。"他指着对岸说，"我是要到对面去，因为你在这儿，我

69

想去之前看看你。"

对岸这时浮有浓淡不一的雾气，几只寒鸦落在枯枝上，从我站在这儿，就没看到一个人经过。我说："是不是那儿有另一个世界？"

他摇摇头。

显然，我们说的不是同一件事。

"我觉得那是跟我们这儿不同的世界。"

"有可能。"他叹了口气。

"书里说，江流动，可以从一个世界到另一个世界。此岸彼岸，也是如此。我们读书，脑子动起来。如果不动，为啥子要读书呢？"

祁老师看着对岸，沉默了一会儿，朝前走了两步，侧过身对我说："就在那边，听说走半个小时，有一个镇。抗战时西南联大的好多老师住那儿。你喜欢的作家萧红也在那儿。"

"传说罢了，连轮渡也没有一个。"我没有兴趣，低下头。

"过河，每个人的方式不同。有人坐船，有人涉水，有人飞。"

我仰起脸来看他。

他的眼睛有神，鼻梁挺直，整个脸有一点《巴尔扎克传记》里大作家的风韵。但他瘦，也比重庆人高，他穿着白衬衣，正是一个男人最好的年纪：成熟、有魅力、已婚，对少女来说，是致命的诱惑。

不过，祁老师却不是我理想中男人的样子。从上初中开始，我的心思都在一个头发卷曲的男生身上，因为他的眼睛像叶子一样单纯，闪闪发光，五官跟叶子相似。如果把他们做成雕像，两个人像孪生兄弟，但他的声音比叶子好听、亮堂，叶子的嗓音有些低沉，唱歌的话，叶子唱低音。每天我都注意那个男生，写了好多字条给他，都没有回音。即便如此，我也不放弃。直到有一天我们在学校的楼梯里迎面走过。突然他将所有的字条塞到我手里，拔腿跑开。我站在楼梯口，把一张张字条撕成碎片，朝楼梯外的栏杆撒雪花。我决定忘掉这个男生。毕业时，他朝我走来，递给我一幅素描，画的是我，梳着两条辫子。我内心很激动，可脸上装着没反应。他失望地走开了。我连着好几天心神不宁，竟然顺着他放学的路走去。我很清楚他住在哪个院子里，多少次我尾随他，他都没发现。这天傍晚，我在他家的窗下站了半天，哪怕有人经过，看到我，我也不脸红。之后，我想给他写信。后来听说他考上了成都一所最著名的大学，而我呢，高考落榜，差三分；我又考了，差两分，这所中专学校录取了我。我向命运投降了，不想考大学，他对我而言，仿佛是另一个世界的人了。而祁老师，我之前怎么也没料到和他再相遇，会一起站在嘉陵江边。我看祁老师，他也在看我，眼光很湿润，我没说话，他急忙掉转目光。

我一直没把他往超出师生关系的方面想，这不是我的错。现在，我对他也没兴趣。我轻声说："再见！"迈步走开。

他没有追，待我走出好长一段路，才高声喊："小女子，后会有期！"

后街

学校圈地很多，院墙划出范围，前大门靠公路，去江边一般走后大门。后大门是大铁门，即使是关着，我们也会爬过去。

果不其然，先前开着的大铁门锁了。我正准备翻，这时瞥见巷子口有个灵巧的身影一闪。"玉子！"我差点叫出声，马上跟了上去。玉子居然也没回课堂上，也逃课。她的头发扎了马尾，穿了一件蓝花衬衣，下身是一件短牛仔裙，脚上竟然是一双橡胶黑雨靴。之前，她好像并不是穿的这身衣服，也许当时我没有注意。

在一条条巷子拐进拐出，没一会儿就进入铜仙镇后街。这儿也算得上是一条大街，人声嘈杂，有当地农民摆着担子售新鲜的萝卜、丝瓜、栀子花，也有黄菊白菊。后街有几家小餐馆、肉店、杂货铺子和百货商店，都说着本地方言。有个中年妇女在卖黄鳝鳅鱼，面前蹲了一个七十岁的老婆婆，专心盯着小贩捉着一根筷子长的黄鳝按在案板上。小贩用长长的小铁钉钉着黄鳝的头，刀子从头下一刀，一拐往下拉。黄鳝还在挣扎，不过被人握着身子，那刀往下滑，血顺着流，一刮，肠肝肚肺全扔进案板下一个小铁桶里。

小时候随母亲上街买菜，看到这情景，我的手脚会吓得发抖。那时母亲会拉开我，不让看。现在这么近看全过程，尤其与一个老婆婆一同观看，有点匪夷所思。我转身抬步走。左看右看，街上都没有玉子的身影，我搜索着，站在坡上石阶上，看到有年轻姑娘，但不是她。

玉子不会没事在街上闲逛，而且是主街，容易被人看见。这只能说明会有什么事将发生。我对自己说，我得找到她，看个究竟。

我没精打采地走在街上，天色一刹那亮得可当镜子了，像是要下雨的样子。我肚子饿得咕咕叫，考虑买个花卷吃，发现边角有家餐馆，店门不太大，名字与众不同，叫"铜仙"，木牌子写的草书，很有王羲之风范。门前有灶，灶上蒸笼是包子、花卷和白糕。一双雨靴站在门槛上，我的目光移到这个人的短牛仔裙和蓝花衬衣，再移到她扎了马尾的头发，正是玉子。她和柜台里的女收银员低声说话，指着门口冒着热气的花卷，伸出两根手指。

等她走开，我才走过去，直接跨过门槛。

这家餐馆比别的餐馆大，吊脚楼二层，当地人在此聚集，当大食堂，门前放了几张桌子凳子，我坐下，打量里面：大约十张桌子，坐了不少人，我看到玉子走到一个靠墙的桌前坐下。那儿还有一个人，我认出来，是董江，二姨的相好。他的相貌没变，只是头发灰白了。坐着的女收银员起身，半老徐娘，头发烫了，穿件向日葵的薄毛衣，脚上蹬了双红色高跟鞋，扭着腰走到我面前，问："你要什么？"

我指着旁边桌上一个人正在吃的豌豆面。

女收银员点头，我递上钱。我的眼睛往那边看了一眼，他们没有发现我。

女收银员离开后,我从筒里取出一双筷子来,用纸擦净。董江突然站起来,朝门口方向看,略微停留了一下,坐下点了一根烟,低头抽起来。玉子提起桌上的老荫茶壶,给两个杯子倒茶,她背对我,边倒茶水边说着什么,神情很严肃。

我想知道他们在说什么,但整个餐馆声音杂乱,怎么听也听不到,我又不敢靠近,害怕被他们发现。两个人的样子像在吵架,董江停止说话,让着玉子,埋头吃东西。

一个十八岁左右的女服务员端来一碗豌豆面。我往面里倒了醋、加了一勺辣椒,快速吃完。从街上又来了几位客人,客人找位子坐,服务员给清理桌子。有人踢倒一个凳子,趁着一片乱糟糟,我赶紧绕到那桌子边上,到餐馆最里面,那儿有个厕所。我进去上完厕所,洗手出来,看到边上有楼梯。

我走下去,发现餐馆还有一层,好多桌子空着,只有一对夫妻坐在那儿吃面。我在靠窗的桌前坐下。傻瓜,这儿完全听不到楼上那两个人的谈话,也看不到他们。我正在想怎么办时,身后有脚步声,是玉子,她坐在我对面,轻声说:

"真是你,你在这儿做啥子?"

我没说话。

她站着,说:"你不会早来了?你在监视我?"

"他是不是董江叔叔?"

"你看错了吧?"

"你是跟他在一起?"我站了起来。

"你得臆想症了。可惜那个人已经走了,不然让你看个清楚。"玉子说。

"你为啥子不敢承认跟你坐在一起的人就是董江叔叔?"

"那个人只是妈妈的一个熟人,给我带毛衣来。天气凉了,我衣服带少了。"

我看到她的蓝花布衬衣上面套了一件手织黑毛衣。她不承认那男人是董江,是什么原因?我会看花眼,世界上有另一个人跟他长得相像?董江认不得我,我由小姑娘长成大姑娘,样子大变。可是玉子怎么认得出我?几分钟前,我应该走到董江面前,自我介绍。世上没有后悔药,我看见他而不见,是我心里有鬼,我怕,我担心,我好奇,想听到他们说话的内容。结果偷鸡不成蚀把米。

旋转楼梯

那个中午,雷声轰隆,震得窗子和桌子摇晃。楼上响起急促的脚步声,不是人害怕下雨跑掉,而是统统跑到这铜仙餐馆来了,边跑边喊:"待在家里还害怕,人多不怕雷,打牌耍嘛!"楼上脚步太多了,老朽的房子战栗着,感觉随时要垮掉。

玉子说:"下面还有一层,我们下去看一下。"

我跟着她下楼梯,楼梯有点陡,而且是旋转形的,那儿有两间房,一间放床,一间有吃饭的客人。可是楼梯还向下伸延,我探头往下望,突然眼睛一花,脚踩空,整个人滑下楼梯。我摔得好疼,轻声叫了起来。

四下一看,玉子不在,雷声也停了。

我站起来,发现这儿有桌凳,也有灶,是一个厨房,一个头发梳成髻的老女人,正在把一碗豆花放在一个竹篮里,拉了三下,竹篮升上楼上。靠窗是一口大铁锅,刚点好的豆花,扑面而来黄豆的香味。那老女人脸上生了麻子，看我的眼神有点凶，我看有门敞开，外面是一条巷子，靠墙有几棵竹子，就走了出去。

巷子窄窄的，连着一条小街，是长长的石梯，我走着走着，本来阴惨惨的天色，乌云瞬间消散，突然阳光异常灿烂。周边的房子全是红砖，跟中专学校的红砖房很像，我不会是走近路回去了吧？但我马上否定了这想法，因为房子是对称的，在石梯两边，跟小时二姨家的房子一模一样。

六个戴尖帽的棕衣人抬着一口竹编的棺材，中间位置搭了一条长长的蓝绸布，有点像哈达，给人一种肃穆的感觉。从红砖房的门和窗里探出好些脑袋看稀奇热闹，棺材后面并没有送丧的人跟随，空气中有团团淡淡的雾气紧跟，更增加了一种神秘气氛。

抬棺人走着走着，前面一个大个子突然开口说："走得好，这世界有啥好？！羡慕他呀，比我们早一点到另一个世界。"

他旁边的人接过话："对呀，他到哪里都是寻乐子，就是到阴间，也会有一番新的乐子。"

后面的几个抬棺人插嘴："羡慕他呀，他安排自己的后事，一个人悄悄上路，不让人参加，三个女儿早就道别了，嫉妒他呀，动物们都喜欢他，嗅到他的气味，无论多狂躁，统统安静了。""他多活一天是罪过！""好吧，我们唱他心里想的那首歌。"

"哪首？"

大个子笑起来："我能读懂他的心。"

另一个人说："锤子。"

我跟着他们走到石梯顶。

他们顺水泥混凝土小道向右走，歌声减弱到无。我看不到他们，就停下，四下打量。面前是绿窗红砖房，门前生有苔藓的几级台阶和洗衣槽，边上是小厨房，没错，就是二姨家，门上有号码，

77

靠水槽那儿立着一把竹竿扫帚。

门没关，虚掩着。我走进去。站在她家里，大房间有圆桌和凳子、柜子和凉椅，一切依旧。墙上贴着两张宣传画，有一张有毛主席的话"备战备荒为人民"。只是画旧了，有些泛黄。

厨房里面传出鸡蛋的香气，我走进去。铁锅里是鸡蛋炒饭。

二姨听见声响，回过头，定定地看我几秒后，递来一条毛巾，擦我的头发，拍我身上，说："怎么这么大的雪？"

我这才发现身上全是雪花。

"重庆百年也遇不上下雪，我们竟然碰上了，一定会有好事发生！正巧今天是元宵。"

我心里暖暖的。没一会儿，二姨把鸡蛋饭放在两个碗里，在灶上盖了一个薄铁板，以保持炭火，放一个盛满水的铁壶在上面。她从碗柜里拿出干咸菜。我跟着她回到正房桌上。两个人吃饭。

二姨的鸡蛋炒饭加上咸菜太好吃了。这儿的一切气氛久违了，我盯着她，很想告诉她感受。她看了我一眼说："我心里感觉你会来。"

我的眼泪下来了。心心相印，地理距离和流逝的时间都不是问题。二姨塞给我一块白手绢，边角绣了竹子。我擦眼泪。这屋子里气氛没变，跟小时一样。

"你妈妈还好吗？"二姨问。

我瞪着她，点头。

"我的意思是跟你爸爸？"

"还好吧，妈妈年纪大了，即使跟爸爸生气，也不会离家出走，都在家里，摔锅砸盆，一会儿就好了。"

"夫妻不吵架，就不是夫妻。"

"叶子找到了吗？"我问二姨。我好多次都梦见他，他对我说,为什么不走近我,朝前走。我想告诉二姨,可是我忍着了,因为我也不知道他说的是什么。

她没说话,眼睛盯着前方,我看着她,沉默在空气里凝固。二姨站起来,走到厨房前,她对我说:"今天晚上想吃啥?"

"你做啥都好吃。"

二姨笑了,整个人仿佛年轻了好多。

二姨这天下班很早,大概是因为我来了。我和她包汤圆,是芝麻馅,鲜五花肉里面加了腊肉粒。一人六个,她说六六大顺,正好和你的名字合上。她说老家的人现在生活好了,都不进城来要钱要粮票。她还做了回锅肉和豆腐菠菜汤,又加了一小碗辣椒泡菜,浇上麻辣油,然后变魔术似的端出一盘油炸花生米,好些干辣椒圈在里面,桌上看上去很丰盛。

生平头回吃汤圆,是带鲜肉的馅,入口甜糯,还有腊肉味。二姨在水未沸时,将包好的汤圆在冷水里浸一下放入。汤圆浮上锅面,她居然加糖水淋。"这样煮汤圆,有弹性,口感更好。记着了,以后你做汤团也要这样。"

"妈妈总说要给我做肉汤团,没想到还是二姨让我吃到了。"我说。

"你妈妈做的肉汤团会放很多辣椒。我喜欢。"

"我喜欢二姨做的。这是我吃过最美味的汤圆,妈妈做,不会比这更好。"

二姨用手指按着嘴唇,说:"还是跟小时一样,甜嘴,会讨人喜欢。"

我们吃完,早早睡了。她睡带有蚊帐的床,我睡对面的单人床。没看到董江,也没有听到她提。我的心好乱,我想问她,玉子是她的女儿吗?我想问叶子的事,我想问她这些年是怎么过的,她有多久没见我母亲了,我差点出事,她俩还是好朋友吗?我想问,她的情人董江的老婆唐庆芳真的死了吗?窗外月色洒下来,沐浴在我的脸上,冷漠无情。高墙外,传来一声老虎的吼叫。是尖耳朵,我坐了起来。

是尖耳朵。

是我心里对它向往,还是记忆深处仍无法将它抹去?待对面大床上二姨熟睡,我起身,轻轻地穿衣穿鞋,打开房门,月光浓浓地铺满水泥混凝土的小街。我站在小街中心,一个人也没有,多年前的滑板,并未从身后驶来。当然也没有叶子,我没有走到动物园的院墙前,而是顺着这小街往前走。树叶哗哗响,几个孩子手提自做的灯,唱着歌谣从我面前经过。那些灯都是装糖果的铁罐,挖了洞,再贴上彩色玻璃纸,插上蜡烛。

太不真实了!他们的灯像萤火虫一串串相连,在暗夜里闪亮。好多年前听母亲说,朝天门码头和解放碑过节要放焰火,满天都亮晶晶,五颜六色,跟做梦一样。仿佛在江上荡秋千,江水上空是一团团火焰,掉下去就成了一条条闪金光的鱼,游得整条江都悬空舞蹈起来。

我一直在等这个时刻,却一直没等到。有一年过春节放了焰火,可是我睡着了。还有一年,是在国庆节放的,我也睡过了。山城远远近近的手提灯越来越多,似乎整条街,不,整个地区的孩子们都悄悄出门来,他们在夜中提灯行走,像一只只踮着脚尖的猫,敏捷而机警。

鼓声响起,节奏起伏不定,伴随着思想的每一处跳跃。如此美的景致,连天上的星辰都出来探视,夜空下的小街一下子亮堂起来。我七岁时走在这条街上,没敢朝前走。梦里感觉叶子说的话,应该是指这条路。当年我很想朝下走，走到底，听说那儿连接另一条街，确切地说，是连接一座长长的桥，桥下有一条碧绿的江，与动物园的人工湖相通。也听说走到底，会有一堵墙或仓库，甚至是一段公路。

我想知道那儿到底是什么。

好奇心驱使我朝前走，空中的焰火飘洒下来，整个钢厂宿舍区和动物园如同白昼，变得清晰无比，我踩着耀眼的火花朝前走。渐渐地，一座桥进入我的视线，桥上有房子，好多房子，古代的，像是宋明时的木结构房子，还有欧式殿堂，色彩鲜艳，像电影里的城堡。这一段桥柱上还矗立着一尊尊白色雕像，像一个个神。我的脚步无形中加快，踩着风，如同踩着滑板一样，我的头发飘扬起来，淡雾在身边闪现，几乎遮挡我的视线，我对自己说，不要停。

锣加入鼓声，铿锵有力。我的左右两侧水波荡漾，忽然从天上滚动着好多东西：凤凰牌自行车、重庆洗衣机、蝴蝶牌缝纫机，如龙卷风裹卷着好多桌、椅、床、柜子，甚至整幢吊脚楼房子，带着烟雾，飘荡着红嘴白身鹤、带角的牛羊、海马、斑马、凶狠的豹。突然烟雾淡去，一只庞大的虎站在桥的另一端，狠狠地盯着我。它就是尖耳朵，眼里闪着光芒。一个少年，下身青色长裤上身短袖海魂衫，眉头有一道小小的伤疤，从老虎的身后，稳步走来。他的腿是好的，背挺得直直的。他到了老虎跟前，用手抚摸它的脖颈，矫健地一跃而上。他骑着老虎，掉头往正前方桥的尽头呼啸而去，卷裹着一阵风。

我大声叫："叶子!"声音震得满天的星星飞溅，躲在树后房檐下的虫儿腾空而起，齐声尖叫。

锣鼓声

"继续！跟上！"有声音在说。锣鼓齐鸣，从桥上那些房子里走出好些戴面具的人，加入前行的队伍。

我害怕地塞着耳朵，害怕失去他，我大叫："叶子，叶子！"

那些动物、那些人快速地跟随着他，他们迅速地走出桥头，我痛苦地叫："叶子，停停，你等我呀！"

突然眼前白光一片。

我睁开眼睛，发现自己置身于先前的厨房里，在一把竹躺椅上，玉子生气地坐在一个长板凳上，她手里有一根细细的头发。那并不漆黑，有点偏麻黄，不用说，是我的头发。

"这是怎么一回事，玉子，你在做啥子？"我从躺椅上起身问。

"我只是好奇你的头发，麻黄色，跟我的不一样，我的又黑又粗。"她的声音非常不耐烦。

"你故意胡扯。"

我看到厨房墙上挂着面锣,还有鼓,那个麻脸老厨娘正在擦洗一口大铁锅,还有一个老伯抓起一团湿煤,对灶墙拍饼。我接着说:"刚才是不是他们在敲锣击鼓?"

"你读小说读多了,想偏了。"玉子倾身过来,拍拍我的脑袋说。

"一看你的眼睛,就晓得你在说谎。"

"哎,你不要过分!你刚才踩空楼梯了,跌下去,是我扶你起来。你该谢我才是!"

"我躺了多久?"

"半天,可能更久。你睡过去了,睡得很熟,其实你还不到该醒的时候。"玉子边想边说。

"你安的啥子心?想我一直睡过去,你不叫醒我?"我瞪了她一眼。

"我不敢送你去医院,我害怕。"

岂有此理。我不理她,看外面,还是一个窄窄的巷子,靠墙有几棵竹子。但我不敢走出。我想了想,走上旋转楼梯,原路通过铜仙餐馆,站在门口,外面是铜仙镇的小街,我松了一口气。

走廊

寝室熄灯后,我坐在小凳子上读书、做笔记。走廊头顶两盏昏黄的灯,不时被敞开的窗子灌入的风吹得摇摇晃晃。我记着笔记,笔头一转,开始回想那个怪异的铜仙餐馆,那个旋转楼梯,出了那道厨房的门,进入那片高低不平的山坡上的红砖房,见到二姨家和叶子的事。那座带房子的桥,好神奇。刚下笔写了几个字,我就变了思路——不仅要写下来,还要写出我对这件事的思考和想象。我的日记总是简洁如诗,中断好久,这个晚上重新开始记录,我决定尽量详细,曾经发生过的事都应一五一十地写下,如果有一天记忆错乱或是失去,这些文字会帮助我想起点什么。

我写到祁老师来看我;写到玉子说钓鱼;写到二姨,孤单、安静的她,和她给我做的元宵。季节不对,平常也可以吃汤圆。那么提灯的孩子呢?那么多动物,天上飞着的家具和洗衣机呢?不断有疑问涌现:这一切我经历了吗?

玉子的话，怎么听都不对，她手里明明拿着我的几根头发，她肯定有秘密。有没有这种可能，我去了二姨家？时间上是来得及的。动物园来回两三个小时。我回到铜仙镇，遇到了董江和玉子。这情形也有可能。

如果不是，那么在这一天里发生了什么？玉子要干什么？我总觉得她的眼睛后面还有一双眼睛。

夜风习习，夜雾迷茫深陷，难以相信，多少年了，我终于看到叶子，跟尖耳朵在一起。他的腿好了，是一个健康的少年，英俊、沉毅、略带着悲伤，他是我心中不可替代的少年。相比他，在心中的那个头发卷曲的同班少年算得上什么！这时候，我明白，我之所以一开始被他吸引，是因为叶子，两个人长得太像，而我爱屋及乌。

笔记本

湖水上雾气弥漫，有野鸭在叫唤。桥上少年回头，尖耳朵盯着我的眼睛，仅仅一秒，奇怪我能听到他们的谈话，仿佛我近在他们的身边。一头斑马说："真好，这小子能找到这儿来。"

"尖耳朵，到底是谁救了我？"

是尖耳朵他们救了他。那些鹤停在树上看到他在泥土里。

"不，不，你错了。并不是鹤。"

"那是什么？"

"天上所有没有家的星星坠落下来，砸着我们，在给我们提个醒。"

"我问过你好多次了。你每次回答都不同。"少年说。

"我说不清楚。为什么要说清？"尖耳朵大笑。

"说不清楚才好，是不是？"

"反正那天，天下了好大的雨，洪水来了，动物园一半的动物都出动了,从墙里出来。那片地的植物都露出了根,我们看到你在一个坑里,突然你站了起来,加入我们的队伍。"

"当时电闪雷鸣,天地一片蓝色。"

"现在动物园有新的老虎、鹤和豹,当时走了的动物,都补充了,一个也不缺。"

"你已见过这小子了。"尖耳朵闭了眼睛,隔了一会儿,睁开眼睛,吹了口气到我面颊,用提醒的口气轻声说,"我们回到这桥上的代价有多大!不宜久待。小家伙,舍不得他,你跟我们走吧!"

"谢谢你,尖耳朵。我想走,又不想走。我走了,我会想我的妈妈。"

"怎么想?"

"什么都会想,她的呼吸,她的气味,她骂我的声音,我也想妈妈的泡菜和麻婆豆腐。"我眼泪涌了出来。

"明白!小家伙,哭啥?我喜欢泡菜,我的口水马上流下来,知道吗?我可以做这道菜,就是放很多辣椒和花椒,把你辣到投降。哎呀,我们得走了。"尖耳朵说。

叶子身上的衣服被镀上一层光,那只虎发出吼叫。咔嚓一声,一道屏幕切下来。我看见了大姐的容貌,她的身边居然是二姨,这两个人怎么可能在一起?

空白的两年

坐在走廊里写日记。班上统一填表时,年龄一栏我填了十九岁。百分之九十八的同学都是十七岁,高中考大学,未够大学分数线,降为中专录取。我高中毕业那年十七岁,分数可上中专,我一心要上大学,连着考两年都未如愿。

这两年是空白。除了高考,别的事我全忘记了。

头顶的走廊白炽灯跟着风一起摇摆。我停下,看着自己投在墙上地上的影子。我喝了好多水。一个人能够每天保证睡眠七个小时,那么在午夜十二点时,她是不会昏昏沉沉的。

可我今天有点迷糊。这种状态很少出现。母亲与大姐不是太像,母亲最爱提大姐,大姐也是。母亲说有很多男人喜欢自己,大姐说母亲命里犯桃花。母亲与大姐争执时,说大姐分不清好男人坏男人,最后毁了她自己。大姐说她是跟母亲学的。

母亲说,我毁自己,是为了保全这个家。你呢,家和自己无一保全。有时母亲站在阁楼楼梯上,与大姐吵,大姐冲到楼梯的回廊上,让母亲不要管她的事:"一切都是命定的。"

这个晚上,不知为何,我清晰地看见大姐的脸,她的眼睛红红的,有泪,跟那天一样。那天母亲下楼梯后,大姐回到阁楼里,她伏在床上心酸地哭。大姐已离婚三次,她是一切男人的毒药,男人见了她,都无法自拔,便围绕在她的身边,为得到她的青睐,肯为她做任何事,包括杀人,其中一个追求者不惜拉几个知青与当地农民打架,最后上神农架当了土匪,结果被镇压吃了枪子,丢了性命。大姐在那一年的晚上,并不知道我看见了她的脸。

时间的银河系庞大无限,生命是其中的一粒微尘。生命进行到一些轨道的节点,朝哪里走,有逻辑无逻辑,生命决定不了。我莫名悲伤,一个人站在窗边,有人走向我,告诉我,楼下舍监要我下去接电话。按照学校规定,一般是不传电话的,除非有特殊情况。

我不安地跑下楼去,拿到电话,里面却没声音。我放下电话。舍监说,是为了节省电话费,让对方等几分钟再打来。我坐在电话机边的椅子上,果然没一会儿,舍监接起来听,然后把电话传给我。

是我二姐打来的电话,她说:"对不起,我要给你说,大姐已经不在了。"

当夜我捧着菊花赶到位于重庆南山上的殡仪馆。每个馆被死者亲属所订,不同的人在追思,用不同的方式。我依次找过去,看到大姐的名字,她的馆有三桌人专注地围在桌前,灯光孤零零地照着一口棺材,棺材前面放了两个鲜花花圈,写有子女的名字。棺材旁边也堆了好几个纸花圈,显得旧旧的,可能是经办人收的钱不多,给了旧花圈添气氛。我把菊花小心地放在棺材上端。

那棺材右侧居然垂下一块板，像一个长条窗，可能是为了道别方便。我弯下腰，看到大姐躺在白纸花堆中，穿着棉布白长连衣裙，一双黑布鞋，头发上别了一个带珍珠的夹子，化了妆，口红很红艳。二姐说大姐只剩两口气，一口气自己穿戴好；一口气等待儿女来到跟前，她看见他们，才闭上了眼睛。

我沉默地看着大姐的脸，尽管岁月的痕迹转化成她脸上脖颈上的皱纹，她老多了，可她的五官模子好，在同龄人中间仍是个大粉子。大姐一直都好看，高高的额头，最像母亲，嘴唇厚厚的，很性感。少女时，她有两条拖过腰的黑辫子，身材挺拔，胸大屁股大，喜欢眯着眼看人，人们都以为她在抛秋波。她很臭美，喜欢装饰头发，有各种帽子，有时扎一根布带，有多少种风情，就显示多少种。我喉咙发干，看着大姐，心里无主意，伸手去握她的手，真是冰凉彻骨。她闭着眼睛，我竟然感到她眨了眨眼睛，紧握的手甚至动了动，一把小小的铜钥匙掉到我手心。她的声音轻轻地涌入我耳边：

"拿着它。"

"你怎么可以走了？"我说。

"对不起，小六，我要离开你。"

我握着钥匙，惊得脸色发白。心里对她喊："大姐，我想挽留你，我想你留下。"

大姐没有回答我。

我抬起头来，透过浓郁的黑夜，那远处是外面的灯投下的亮光。那是1981年，我在那时看到2021年大姐的脸在道路尽头出现，当时她的真身还在殡仪馆正中的台面上。那张放大的二十四寸照片上的人，因为光线不好，眉淡眼无神，是一个极普通的女人，不太像大姐。如果大姐发现她的丧礼上用了这么一张照片,肯定会气得摔杯子。

殡仪馆坐了好多亲戚朋友,二姨坐在他们中间,一直在和我的二姐说着什么,她背对我,我也没走过去和我说话。他们剥瓜子、抽烟和打麻将。靠里的桌子那边走来大姐夫,他是大姐最后一个男人,整个人轻松自如,嘴角含着笑意。

"我们跟外国人学,丧事当喜事办才吉利!"他高声说。他是大姐在三峡当知青时的初恋情人。两人都是炸弹性格,在一起就打仗,只得分开。后来他跟别的女人结婚、离婚,大姐与别的男人做同样的事,生下不同的孩子。有一次跑回重庆家中疗伤,遇上他,两个经历了婚姻之痛的人,终于在一起了。这够写几本小说了。"小六,你该写我们。"有一次大姐认真地说。他骑摩托车,大姐坐在他身后,穷游全国,远到南边,那儿正好在打保家卫国的仗。他们去当志愿者,两个人回来,很有成就感。他们也去了西藏和黑龙江,那辆摩托车势不可当,沿途快乐至极,不可言说,到处都有插队的知青朋友,喝酒聊天,回忆当年凶猛出格之事,最令人羡慕的就是大姐大姐夫两口子的罗曼史,可载入史册。最后他们在武汉被一辆卡车撞了,大姐飞到马路上,滚了好一段坡,腿断了。好多年她都在轮椅里,大姐夫照顾她,等到她几乎可以走路了,却在屋里摔了一跤,从此只能躺在床上了。

大姐走了,其实是好事,因为她说自己就跟一个废人一样。

我没哭,一滴泪也没有。我没有找到泪水流出身体的理由,更没有那理由通向缺口,周身上下都堵着了。我重新在桥上遇到叶子,他的腿走得那么平稳,他的声音那么自信,跟从前在滑板车上带着我从高处滑向低处飞翔的状态一样,那个时刻,我想哭,感觉全身热血沸腾。

"哭有啥用？"

是谁在我耳边说？谁说，不重要。哭管事吗？不管！这时，我看见大姐起身，她从身上掏出一把小口琴，站在花圈前吹起来。旋律轻快，打麻将的喧闹声没了，大姐夫走到中间，跟着乐曲跳舞，旁若无人。也许，这个男人，冲这点，就值得大姐爱。大姐看着他，眼里有火焰。

那毫无记忆的两年之中，似乎有大姐。我应该钻进记忆的深洞去，打捞些细节来。大姐没有跟母亲吵架，她俩坐在桌前，享受着桌上一盘辣椒子姜鸭子。仿佛有一回大姐突然生病，母亲居然住进医院，说自己不舒服，真实情况只是为了陪伴大姐。

这些都应当写下来，我的笔飞快地在本子上移动。

写着写着，我的上眼皮和下眼皮打架，累了，将笔插回笔筒，搬小凳子回宿舍，经过楼梯口，看了一眼，铜心镇铜仙餐馆那个楼梯，可以滑到一个怪异的厨房，真是太不可思议！厨房外带竹子的巷子，竟然通向二姨的钢厂红砖房！无论如何，我决定要再去。

玉子

午夜十二点，我去卫生间解手。我发现手指染有墨汁，就用剩在边角的肥皂沫洗手，可越洗越黑。楼外有人高声歌唱，是失眠者在叫嚣。他狂叫后，有脑袋伸出窗来骂损人害人的臭屁眼虫。失眠者跑到操场打篮球，远距离投篮，一边投，一边大喊："我没有未来，我没有过去，我更没有现在。"

"你活该！"

有人朝他扔来一个啤酒瓶。瓶子在地上摔碎的声音，骂声从各个窗口钻出，舍监叫："睡觉！安静！"

没用，很多瓶子从男宿舍里扔出来，乒乓声一片，舍监吹起哨子，保安出动了好几个人，吵闹声渐渐消停了。

我回到木凳上，发现本来摆得笔直的笔记本歪斜了一点。我的眼睛有把尺子，一眼就看出歪了。我回视，走廊安静，窗外操场上那个打篮球的男生，早被保安勒令回到宿舍里，校园显得格外寂静。

莫非大姐的魂从未穿越时空来过？

三天后，早操结束，玉子跑到我们的队列中，拽住我的手，拉我到公共厕所后面的墙边，那儿堆了好多水泥和石头。她松开手，后退两步，一脸坏笑地说："我看了你的笔记本，写得很精彩。"

"无耻。"我气愤地说。我冲过去，抓着她的头发。

玉子居然没有还手，我把她往墙头推，狠狠地踢她的腿，她忍着，没叫。理性回到我的身上，我住了手。

"打够了吧？没够的话，打够了我们再说话。我们最好绕开水泥，不然一身都是灰。"她用手抹去脸上的灰。

"你哪个好意思来承认。"

"我敢承认，就是敢担责任。再说，一个人对另一个人感兴趣，是好事。如果你对我毫无吸引力，证明你是个无用的人，就不该在地球上。"玉子振振有词。

她穿了一件灯芯绒的外套，头发披了下来，很青春，很美，可是她的眼睛很冷，里面有股令我不安的气息。这时上课铃拉响了。

"今天要不要逃课？"她问。

"除非你告诉我昨天你见了谁。"

"没问题。"她爽气地伸出手指头来，与我拉钩。

我俩把身上的灰抖了抖，一前一后朝坡上校大门走去。门卫低头在看报，没注意我们。我们闪出门，顺着支马路下，再左拐，来到铜仙镇。没走一会儿，就到了铜仙镇大街，好多商店，也有修理摩托车的棚子，空地上是有问题的车子。巨大的黄葛树像把伞撑开，有人在弹棉花。没走几分钟，就看到铜仙餐馆了。玉子跑过去，跟收银的女人说了几句。

我走过去时，那女人正下楼。没多久她手里拿着两根鱼竿和一个手织的塑料网篓，里面是一个装有小蚯蚓的玻璃瓶子。

天气阴沉沉的，街上的人很少，有几个小贩在售新鲜蔬菜，还有一个磨刀的中年男人，按着一把大菜刀在一块青石上磨动，发出声响。我想进去看那楼梯，一步跨进去，朝楼梯走去，身后一双有力的手拉着我的胳膊，我回头一看，是玉子，她说："小环子，这儿没意思，走吧，我带你去个好地钓鱼。"

"现在吗？"

玉子塞给我一根鱼竿："不要折弯了，有啥不懂的问我，好不好？"她的口气很亲热，一改之前的冷面孔。

"我们那天晚上不是说好的？怕学校发现，不敢去？你不会是胆小鬼吧？"

我只好跟她走。

钓
鱼

　　我们沿着碧绿的江水往上游走,走到学校五里之外,周围除了农舍和竹林,也有好些开着野花的岩石,没有什么人,非常安静。看到一片礁石群,靠江边,玉子停下脚步,说:"在这儿吧。"我们放下东西,在一块大岩石坐下。这儿是一片湍急流水后的一个迴水沱。我父亲说,这种地方,鱼会游来,他还说,人若落水,大半会被冲到这样的地方。

　　"玉子,你怎么知道这钓鱼的地方,你好有本事,能借到鱼竿。"我发自内心地佩服。

　　"没借,本来就是我的东西,放在餐馆里。至于地方,问这儿的人,就晓得哪种地方能钓到鱼。"

　　因为走路快速,她的脸上浮现红晕,她像个男孩舒展开双腿,呈八字,脚上居然还穿着雨靴,上面沾有泥。

　　"不要看我,那天我在铜仙餐馆见的人真是我家的邻居、熟人。"

我腾地站起来。她与我拉钩保证过,还是不说实话。

"既来之,则安之。你听我说,我知道你的秘密。"

我手里的鱼竿险些掉下岩石,幸亏我反应快,抓着了。

"你爱一个人,那个人不理你。后来你离家出走,跟一个男人走了。你怀孕了,你去医院打掉了。"

我摇摇头,这是什么话,我几乎要臭骂她了。

"我看了你的日记。"

"不是日记!是小说。"

"好吧,小说。你说你生命中有两年空白。其实这两年,我晓得,你做了这些事。"

"可笑!你真是嘴贱!你乱说,我在本子里根本没说爱人或是恨人的事。"我盯着玉子。

她的眼睛很轻蔑:"告诉你吧,其实我说的爱人和怀孕的事,都是你自己亲口说的。"

"不可能。"

"那天在铜仙餐馆你睡过去时,你一直在说话,说的就是怎么跟一个男人走,怎么跟他去一个房间,跟他有那种事,在床上,你叫一个人的名字,结果挨了那男人一耳光。那个男人看来是喜欢你的,不然不会那样生气,不然不会离开你,临走时还说,除非你忘掉你心里呼唤的人。你好像是为了躲他,你走了好多城市,你还夫了小三峡,在大宁河住了一段时间,跟一个搞雕塑的女人住在一起,你好像很依赖她,好像你们是在一个高考补习班认识的。她家在朝天门,不,我记起来,是在千厮门的一个大杂院里,她的母亲是个寡妇,你们俩喜欢港台流行歌,特别喜欢齐豫唱的《橄榄树》,夜夜练歌,专门去拜访好多有名的声乐老师,想得到深造。"

"你越说越离谱。"

"你高考填志愿，根本不是当作家的中文系。"

"是啥？"我问。

"音乐系。"

"这太荒唐了。"

"你在叫一个人的名字，是不是叶子？"

我摇头，眼神很茫然。

"你写了二姨，写了好多我知道的人，但也写了好多我不知道的人。少年是谁，尖耳朵是谁？"

"好吧，我告诉你，有的地方，我照实写，比如尖耳朵，是西区动物园里的一只老虎；有的地方我当成小说写。"

"想象力不错，你以后说不准真会成为一个作家。我也有想象力，我会让你见识的。"

这时玉子的鱼竿线动了，动得厉害。她高兴地站起来，收线，结果一条一根筷子长的鱼被她抓在手里，鱼粉红与白色混杂，"老鼠鱼！"玉子开心地大叫。

我也站起来，看这鱼。鱼眯着奇小的眼睛凶凶地看着我，我有些害怕。

"这儿一般只有鲫鱼、鲤鱼、黄辣丁，怎么会有老鼠鱼？它都在发大水或在激流底部，爸爸说，想钓老鼠鱼，得把饵连在一块重物上，扔到湍流的江心。他们说，只有江团才能和老鼠鱼比，它们都是江里最好吃的鱼，可以卖钱。这个月我可以自己养活自己了。太高兴了！"她从身上摸出一个塑料袋，盛了些水，放在篓子里，将老鼠鱼放入。又捉了一条蚯蚓，放在弯曲的钩上，抛下江里。

"爸爸说？你爸爸在哪儿？"我没有听错，她提了爸爸。

玉子笑了，说："小六呀，我也有秘密，换一天我告诉你。"

"卖啥子关子。说就说，不说拉倒。"

"要说的，要说的，现在可以安静吗？我们钓鱼。"

她专注地盯着江面。她的鱼线没动。我的鱼线也没动。天光偏西，太阳隐在云里。她开始收线。我早就坐不住了，也收线，收鱼竿。

玉子看着老鼠鱼，高兴地哼起小曲："记着我的情，我的爱，路边的野花，小环子，你不要踩！"她脚踩雨靴，头仰天，提着鱼，拉着我往镇上走。

回程我们行走似风，没一会儿就到了铜仙后街。她把那条老鼠鱼卖给铜仙餐馆，喜滋滋地把五十块钱放进口袋。

那个收银的中年女人嘴都笑岔了，连连说："这龟儿子老鼠鱼太珍贵了！"高兴之余，奖励我们两碗鸡蛋面。

我与她面对面坐着，脸上充满兴奋，眼睛都闪着光，看着窗外远处山坡上的芦苇。没一会儿，服务员端了面来。我们埋头吃面，她狼吞虎咽，非常享受小面，眼睛发着光灿。虽然我不信她讲的我的梦话，那纯属是她胡编的，我发现自己不像之前那么讨厌她了。

会演

日子很快到了周末。临近国庆，学校团委决定各班要才艺会演，时间紧，每班都抓急了。班长常彦找到我，他眉清目秀，很有几分古时书生的儒雅，尤其是左脸下巴有颗痣，虽不是大帅哥，但很耐看，尤其是他的笑，很有亲和力。

"你对普希金如数家珍，而且你喜欢写，能不能给我们写一个短剧？"

"短剧？"我没想到，一上来就要如此"硬货"。

"这样我们班就和别的班不一样。可以吧，这是我们的秘密武器，准能得奖。"他看着我。他理了理袖子，然后告诉我，他从我进校门就注意到我很特别，不合群，总一个人吃饭，很孤单的样子。他看到我最近在图书馆借的书，全是狄更斯的小说，而且我还借过莎士比亚的戏剧集。"你一定看完了他的悲喜剧，随便写一个简单的吧？"

这话引得我差点笑出声,他的意思是我写剧不会比莎士比亚差,随便写,简单写,就成。我虽然没说话,心里却开始跳动,这个人竟然去查我借的书,似乎是有些在意我。

"原谅我,我就是被你这种个性不同寻常的女孩子吸引。你不要怪我,我是被你的作文吸引,每回老师都当众念了。实话说,写得很有才华,我佩服。"

"马上就是国庆了。"我担忧地说。

"还有十二天。"

"来不及。"

"你行,写一个短的,十分钟左右发生的故事。晓得吗,我能演。"他的身体突然原地转个圈,"我跟班主任老师请假,你早自习、晚自习都不上,用来写。你可以随时找我。我住在三层,309房。拜托你了!"

看着他一脸真诚,我犹豫着说:"我试试。"

"我打考勤,你最近没请假,就跑掉了好几节课。我注意到了。"

"你没有用此来要挟我,你人不坏。"

"你肯定有比上课更重要的事,对吧?"他走开了,"放心,我会给你掩护好。"

当天傍晚吃过饭后,我打开宿舍里自己的箱子,找以前写的日记本。箱子里有母亲的一把小牛角梳子,还有一支用过一些的口红,日记本里掉出一把小小的铜钥匙。它不是我写在笔记本里虚构的东西,在小说之外,的的确确存在。

日记本有一沓,一年一本,有时一年半本,每本都写得仔细,照实写。有时一年一本半，记得半实半虚构。掉出钥匙的这本是红塑料包壳，倒是很厚，是来中专学校前的文字。里面没有玉子说的事，也没有我刚写下的大姐的事。里面有两次提到英国首相丘吉尔的话：

你不面对现实，现实就会面对你。

当我们不会质疑，骗子便产生了。当我们太娇惯，畜生便产生了。

我盯着这段话，抬头看窗外，云层压得极低，大操场上四个男生在打羽毛球。班长也在其中，他脱掉外套，头发飞扬，挥动着拍子发球，姿势标准。他拍过的球过网后，对手接不着，直接赢了一分。看不出来这小子有这一手。看台上有好些女生在喊好。外面突然阴云密布，密集的雨点没打个招呼就来了，好多人顶着书包在跑。操场上也作鸟兽散，没一会儿就空无一人。

奇怪

　　这段时间我没在走廊上遇到玉子,也没有在饭堂、澡堂看见她,甚至在沐浴时也没看见她。她像消失了一样。这对我来说很不适应。熄灯后,我坐在凳子上写短剧,有好几次想去她的房间探问,想想还是止住了。

　　我吃过饭,去了沐浴房。这儿女生清一色站着,身体的秘密暴露无遗。我总是在快关门时去,因不喜欢那些眼睛盯着自己的乳房。快关门时人最少,一般只有三四个人。大家不说话,但这天,其中一个高个女孩突然说:"哎,你们晓不晓得教务长被抓了?"

　　正对面水龙头下,一个小矮个女孩说:"听说跟一个女学生谈恋爱。"

　　我想到是玉子。

　　"是他的老婆抓的现行。女的想从窗子跑,跳下去了,摔断了腿。"高个子女孩说。

我问:"谁?"玉子抽烟的样子浮现在眼前,她妩媚地一笑,哪个男人能抵抗得了?想到她,我就想到大姐。

室里没人回答。

一个正在穿衣服的女孩用一条毛巾擦湿发,她看着我说:"算了,小班的女孩,告诉你吧,女的是毕业班的尖子生。她是真爱他。"

不是玉子,我心里有种失落,也有种轻松。

"真爱?他年纪那么大,可以当她的爸爸,恐怕是她明年夏天分配时,可以给她分一个好单位。"高个女孩说。

"不是每一个人都是你这样想的,你自己会这样想,就会这样做。"矮个女孩不屑地说。

另一个女孩说:"恋爱的事,谁也说不清楚。你爱过吗?不爱,那用身体换想要的东西,也没有错呀。"

"为啥要交换,我要真爱!"

趁她们三个女孩争论吵成一团时,我关了水,擦干身体,穿上衣服和鞋子,拿了盆子和毛巾走出沐浴室。

也是这天,我完成了短剧的草稿,飞速在纸上修改了一遍,走出宿舍门,下楼梯到三层,到309房间敲门。

开门的正是班长,我把稿子递给他。

他愣住了,但马上反应过来,高兴地吹起口哨。他摊手要邀请我进去坐,我摇头。他说:"好吧,我马上看,看完我找你。"

难道是我错了

大家都得上晚自习,但我例外。我提前交了稿子,最多明天班长会给出意见,因为明天要定相关的角色,最好抓紧时间熟悉剧本,开始排练。

不如趁这空隙去江边走走。这个想法一冒出,我就穿上红风衣,背了一个小挎包,出了门。

沙滩上端有一条弯曲的小径,我顺着它走着。傍晚的天光尚未凋谢,幽蓝中滑入淡黑,星星已在天空上占着自己的位置,随时准备闪耀。平静的江面有一艘机动船在突突地朝上游行驶,另一艘拖泥船在上游对峙,机动船拉响汽笛。芦苇随风吹拂,风往东,芦苇就往东,风往西,芦苇就往西。我身上风衣的红在夜晚中很明显,引得过路人朝小路这边看。

没走多久,我到了上次与玉子钓鱼的地方,那儿坐着一个老人,他微微弯着背钓鱼,一动不动,很专心,很安静。我经过他,朝前走了一段路，天上布满乌云。学校的人说，朝北碚走，那儿峡谷陡峻，有石灰岩层，切过三条背斜山，有三个峡谷，相对长江的三峡，当地人叫它们为小三峡。

也许可以走过去看一看。我朝前走去。

突然有人在我面前。

一抬头，是那个钓鱼老人，站在我的面前，冷冷地看着我。

我一定神，前面并没有人。那老人坐在原地，一动不动。我只是感觉后背发凉。便不敢向前。我朝学校走去，走到学校后门时想起来，何不去那个铜仙餐馆看看。

很奇怪，拐了几条巷子，一出来，天就黑了下来，而铜仙街上倒是灯火通明，一个个店铺都没关，老人小孩子最多，面馆小吃店都是人，一街都是辣椒味，还有豆腐干咸菜的香味。可能这个是镇上最热闹的时候，男孩们滚着铁环，女孩们在跳绳、丢手绢。

铜仙餐馆门前还是有一灶，锅里是热腾腾的豆花，门上写着今天的菜，回锅肉炒豆干、咸菜烧红烧肉、豆腐白菜汤，跟白天的小面、包子、花卷不同，白天人多，晚上人并不多，几盏灯亮着，有五六个人在吃饭。

我走了进去。

年轻女服务员迎上来问："吃饭呀？"

我点头。

她指着靠墙的位置，让我坐。她去给我倒茶水，我急忙往卫生间那边走，走下旋转楼梯。下面一层一个客人也没有，我继续下楼梯，来到最下面，的确是厨房，有一个灶，有一个上了年纪的麻脸女厨娘，正在忙着。我打开门，发现外面正对着江边山坡，哪里是小巷子，也根本没有竹子，跟我上次见到的不一样。

这时我的背被人一拍。我不要回头。

我的耳朵被人抓着，弄痛我了，我叫了起来。一个人走到我的跟前，是年轻女服务员。

"你做啥子？"

"你没反应，我怕你中魔了。"

"你才中魔了。"

"对不起，我只是轻轻一拎，想提醒你：这是厨房，不让客人来。你走吧。"她冷冷地说。

"我只是想透透气。"我向她解释，然后问，"我记得这门外是一个巷子。"

她摇头。

"我上次来你们餐馆，当时天上在闪电打雷，我不小心摔了一跤，在这儿。"我指着旋转楼梯说，"我就躺在这个凉椅上，睡了很久。"我看到了竹凉椅，补充道。

她嘴角露出可怜我的笑容。

"真的，你记得玉子吗？我跟她一起来的。"

"越说越歪了。"她往旋转楼梯上走，边走边说，"你要吃饭，就上楼来，但不要待在我们的厨房。"她下逐客令了。

我当然不是来吃饭的。没办法，我只能跟在她的身后，一步步上楼梯。

我爱德彪西

学校国庆才艺会演是一个周六晚上，礼堂早早坐满学生和老师。别的年级，别的班，要么是集体舞，要么是合唱或独唱，要么是双人舞或单人舞，这是惯常的模式。我在后台上。班长常彦得意地看着我。

报幕员是个男生，他拿着话筒，说，请会计系一年级二班表演。我发现上台的只有一人，居然是玉子，她一身白衣，头发披着，一双高跟黑皮鞋。她带了一个小录音机，里面传来德彪西的《月光曲》，她上前一步，把话筒往下拉了一下，对着她的嘴，然后呼了一口气，才对着话筒说：

我爱德彪西

星星，开始离开在一个早上
人，开始离开在一个夜晚
胎盘里，都是星星游动的记号
那是小鱼，水是咸的
跟母亲的泪一样，她不敢停止呼吸
我爱德彪西
鱼的眼睛定在我眼前，那是饵吞入身体的剧痛
母亲的眼睛定在我眼前，那是比饵更锋利的刺入
血是咸的
母亲更咸，是因为她被戴上锁链
我爱德彪西
发现脚踩着的土地
在一个劲儿上升
连绵的山像布
无限的江像线
我想给你做一件美丽的衣裳
我想紧紧抱着你，跟你一起
一个劲儿自由地上升
那终端是什么等着，我不在乎
我爱德彪西，因为有德彪西
我要跟你一起，我的嘴唇会是星星
朝你闪光
这是1981年国庆
这是一个没有母亲的孩子的国庆
这是一个她只有月光的国庆
这已经足够幸福了

天空，天空，请快快怒放耀眼的焰火

玉子朗诵完，她的眼睛在台下寻找着，似乎想起什么似的，猛地一回头，对在后台的我瞥了一眼，然后转过脸。舞台下观众一片沉寂，稍等几秒，掌声响起。我也使劲拍手。这首诗跟我读过的外国诗，甚至台湾诗人席慕蓉和商禽的诗，都不一样。她的诗，她的德彪西的《月光曲》，的确让我见识了她的想象力，她那么爱二姨，整首诗充满真情，席卷了我对她所有的负面印象，使我不可救药地喜欢上了她。

独幕剧　星星

楼梯，又窄又陡的楼梯。

楼梯下面是来来回回走动的人，有炮火，跟雷声一样，那些人弄出各种声音。

有一个姑娘奔入舞台，爬上楼梯顶端，她转过身来，是一个扎了两条辫子的年轻姑娘，最多十八九岁，一身白连衣裙。

姑娘："江边死了好多人？他们是怎么死的？不对，他们都变成了蝙蝠。"

台后响起蝙蝠飞舞的声音。"我每天都看见它们，有时在眼前，有时在江水里，有时在花丛中，有时站在山顶。它们飞舞着，发出奇怪的呼喊，他们要告诉我什么？"

舞台外父亲的声音："小环子，赶快下来，子弹不长眼，危险，赶快吃饭。"

姑娘："我爸爸只知道吃饭睡觉。他不知道世界已变了，天上出现了好多星星。"

外面炮声停了。一个纸做的大太阳慢慢升上舞台中心,悬浮在空中。

舞台外母亲的声音:"小环子上学。"

姑娘:"我妈妈只知道上学上班,她不知道世界早已不是原来那个世界了。连江里那一艘艘沉船都浮上来了,不想待在江底,想去别的地方,想有新的出路。"

她脱掉白裙,里面是一条黑色裙子,把两条辫子散开,披在脑后,她已长大。她从黑裙的口袋里掏出一支笔和一个本子,依着楼梯,埋头写着什么。

父亲从左边走上舞台,冲着姑娘说:"你写什么,有思想,太危险。"

母亲从右边走上舞台,冲着姑娘说:"快点下来!想当作家,也不照照镜子。"

姑娘不理他们。

父母齐声说:"我们指望不到你,你可以指望你自己。"

姑娘:"指望什么,成为你们那样对世界无用的人?"她翻身,趴在楼梯上继续写字,边写边说:"我只在乎那颗最小最寂寞的星星,它在黑暗中一闪一闪,无所畏惧地发出光芒。这个世界早已分崩离析,我最在意的星星,你在何处,你遭遇了什么,对你的记忆,被时间击毁,渐成碎片。"

母亲指着父亲:"都是你惯的。成天在家里写,不去上海当演员罢了,也不去陕北,做当作家的梦,拯救不了世界。她只有嫁人,伺候丈夫养育孩子,跟我一个苦命。"

父亲指着母亲:"你在指责我?你哪天不指责我,你就不是人。"

母亲:"你心里早有别的女人。你以为我不知道?昨天做什么去了？半夜才回。"

父亲："无理取闹。我瞎了眼，跟你过了这些年！"他走上楼梯，看前面，"江里有鳄鱼，十几条。听到报告，我们就去查。"

母亲："江里有鳄鱼？"她笑了起来，走到他面前，"你敢承认吗？你那个心上人就是一条鳄鱼。"

父亲："你才是一条鳄鱼，母夜叉！"

母亲啪地一下打在父亲的脸上。

父亲抓着母亲的手，往地上一推。姑娘这时停了写作，从楼梯上跑下来，分开父母。

姑娘："你们不要闹，再闹，你们就离婚！"

父亲对她挥着拳头："离婚，家散了，你喝西北风？"

母亲："你不要管我跟他的事，你滚！"她狠狠地推姑娘。

姑娘往楼梯上后退着走："好，我走，我走，就算你们不离，这个家也是名存实亡。"

父母笑了起来。

姑娘停下脚步，站在楼梯上，突然说："我干吗要走呀，我只要做一条鳄鱼就行了。"

父母对视，父亲说："其实鳄鱼也有善良的。"

母亲："除了你爸爸那个妖精鳄鱼外，鳄鱼也有正义之心，知道牺牲自己，成全他人。"她看着姑娘，"其实妈妈就是这样的鳄鱼。"

父亲："难道我不是？我天性里面有这血性，不然当初你也不会爱上我。我们是可以飞的鳄鱼！"

母亲："我只想我们这个家和平，一家人坐在桌前喝稀饭吃咸菜，日子也是甜的。"

音乐响起,是电影《地道战》日本鬼子进村的音乐。

父亲说:"若是鬼子有一天敢再飞进到我们山城来,肯定怕我们这样的鳄鱼。"

母亲点点头,看了看丈夫:"还吵吗?"

这时,好些人戴着蝙蝠和鳄鱼的面具,经过他们一家三口。

丈夫问女儿:"你说呢?"

姑娘:"每个人都需要自由,每个人都要得到尊重。当我仰望头上的星星时,我的内心获得了镇静。"

她站起来:"这个故事发生在重庆城江边,时间是1949年。"

班长

我没想到。三天后上晚自习,班长常彦经过我的桌子,偷偷塞给我一张字条。接着他到讲台上分发数学作业本。

邻桌一直在写当天的物理作业,我不敢看字条,一直到她转过脸去和后桌的人说话,我才取出字条看:

因为你,我们教室的墙上增加了一张奖状,虽然与二班并列一等奖,但是我必须说,我及班上所有的人以你为荣。

我看到黑板边白墙上《星星》得到的国庆会演才艺奖状,红色及金色麦穗环绕,非常吸引人,这令我感到欣慰。我转过身看倒数三排桌位,常彦手里拿着笔,在纸上写着什么。他猛地一抬头,看到我,朝我点头。

我不知为何,脸红了。

常彦对独幕剧的草稿提了一个意见，要我最好点明是20世纪40年代。我想了想，的确有道理，应写清年份，比如1949年，重庆要解放时。我又砍掉了父母吵架的一些内容，加上音乐，把时间控制在十五分钟左右。

整个演出是二十分钟。

常彦建议我做导演。

我没做过，一口拒绝了。

他劝我说，没一个人天生是导演，在我们学校没一个人是专业的，可以学，可以尝试。他说，他可以协助我。

我想了想，听从了。

因为导演这个剧，我与常彦熟悉起来。他稳重，显得老成，又喜欢表演，我让他演"父亲"，他没推辞。在班上选角，"姑娘"最后定了林秀，她个子小，模样秀气，记性好；"母亲"定了袁小峰，她高个，是全班年龄最大的，一直在报考戏剧学院，而且她从小在父母的文工团里混角。我们自己准备服装，"父亲"穿西服，"母亲"穿旗袍，"女儿"穿白连衣裙，里面穿一件黑内衬，配布鞋，好在这女主角的头发是齐耳长，不必剪短，别了一个发卡，很像20世纪40年代的人。整个剧都说重庆话。

尽管如此，要做好这个独幕剧，我心里还是没有底，就泡在图书馆里，找关于导演的书。书里做导演和正式排练是两码事，我们来来回回排，又不想让别的班知道，大都在江岸边，面朝江水的一坡窄陡石梯上。常彦、林秀与袁小峰特别有感觉，后两个女孩住同一宿舍，居然吵出一方拉帮结派孤立对方的事，差点打起来。

我叫停，一问，才知道是表演。

大家全笑了。

表演到这程度，假的当真的，也真是吃演戏这碗饭的。音乐是常彦找的唱片，班上文艺委员负责在后台放，效果比小收录机放磁带的效果好多了。我们兴奋、充满热情，把这个演出做得尽可能理想。

而为了排演，我与常彦公事公办，没有私下交谈过。现在他塞给我字条，我感觉有些异样。我接着看他的字条：

  我想约你晚自习后见个面，可以吗？在铜仙餐馆吃碗小面。

我有些吃惊，这令我有些不安。我转过脸去看他，他低头在读一本书。

我不知道是去还是不去。

铃响后，收拾好书包，我回了宿舍楼，取暖水瓶。那儿没有电梯，打开水，每天得跑一次开水老虎灶。一般是在早上，打完开水，提着暖瓶回位于七层楼的宿舍，把吃饭的瓷缸带上，教室里的抽屉够装，所以，能不回宿舍就不回。但是今天我忘记打水了，只得跑两趟，给暖水瓶装好水。我爬着楼梯，到五层时喘气，停了一分钟，继续爬。刚上七层，迎面就是玉子，她头发乱乱的，塞给我一根煮熟的玉米："小环子，你的剧不错，这是奖励。"

我接过来，玉子转身进她的房间。

玉米很甜，我吃着玉米，进了宿舍，站在窗前，发现操场上常彦上石梯的身影。他个子高高的，背挺直，永远朝气蓬勃，他左手臂挟着几本书，朝学校大门走去。没准，他是出去等我。

为什么不去？我有点心不在焉，不敢往那方面想。我转过身，拿起梳子，梳自己额前的刘海。我穿了一件花格子的衬衣，对着小镜子,去找自己的白衬衣,在箱子里有一条蓝半裙。我换衣服做什么?他找我是为什么事?这好奇心让我无法待在宿舍里,我决定去会他。

我走在走廊上,感觉晚上有些冷,又回到房间,把红风衣穿上,手里拿了一本《安娜·卡列尼娜》。走到门口,折回,对着小镜子,我看到自己一张年轻的脸,忧郁的眼神,头发梳在脑后,一根辫子。我用手弄乱变整齐的刘海,突然感觉自己长个了,头在上铺床被挡头,多出十毫米。

铜仙餐馆朝街的一层有十几个客人,埋头打麻将。我站在餐馆门口,发现里面没有常彦。我走进去,下楼梯,发现常彦坐在靠窗的桌前,整个人面部表情紧绷绷的。

听见我的脚步声,他转过头,看到是我,他高兴地站起来,给我让座位。

我坐好后,把《安娜·卡列尼娜》放在桌上。他拿起它来,指着书后图书馆借阅者那页纸说:"你看,上面有我的名字。"

我一看,可不,前一个借书人就是他。

"真巧。"我望着他,"我是托尔斯泰迷,他的书我都看,还抄金句。"

"难怪你写东西那么出彩。我给我爸爸看了你的短剧,他不太相信我的同学能写出来这种水平的剧。"

"你爸爸是做啥的?"

"他是一个中学老师,是个文学爱好者,一直有作家梦。他后悔阻止我小时候看外国小说,不准我往这方面发展。我被他强行要求数学,每回考试,我数学准第一。"

这时服务员端着两碗炸酱面过来。常彦对我抱歉地说："我帮你点了，你不会怪我吧？"

看着面前热腾腾的面，上面浇了一层麻辣子，我开心地说："我最喜欢这臊子了。"便呼啦呼啦吃起来。

常彦也大口大口吃起来，没一会儿他停下，看着我，双手松开筷子，按着桌子，盯着我的眼睛说："你作文这么好，可不可以教教我？！"

我抬头看他："你找我来，就是这事？"

"对呀，我想跟你学，这样我就可以经常找你了，而且我是真愿意学。直说吧，我一是想要谢你为我们班拿了荣誉，二是想交你这个朋友，你干脆做我的女朋友吧。"说完这句，他整个人显得轻松多了，脸上露出真诚又坏坏的笑。

"没门。"

"真的不想？一两天后再告诉我。"

"学校规定的，在校期间不谈恋爱。"我还是回绝。

"那是规定。你没看到高年级他们成双成对的，满校园里。我们可以悄悄地交往。"他坚持道。

"规定就是规定，没了规定，不成方圆。"

"我的天才女友，不要吵架。我告诉你，我的脸皮很厚。我不会放弃的。"他一本正经地说。

我的面已吃完，就拿起我的书站起来。

常彦跟在我身后，我们往旋转楼梯走去，这时我脑子一出岔，往楼下走去，那儿是灶房，一个人也没有，点了一盏昏黄的灯，那儿的门外只有江边山坡，跟我上次来时一样。我不由得叹了一口气。

"怎么啦？"常彦问。

我走回旋转楼梯，说："跟你说了你也不会信。还是不说的好。"

"你不说我怎么信？"

"有些东西，看似很一样，实际不一样，我弄不懂。"

"但你还是想弄懂，对不对？我陪着你弄懂。"

我看着他，他额前的头发长了，遮挡了眉毛，不过一双眼睛亮闪闪的，看上去是那么单纯。他身上有种很善良的气质，也许是这气质吸引了我。

我们走上楼梯，正中有盏灯，照射下来，好像星空，不知为何，我的心非常压抑。经过打麻将的人，来到铜仙镇后街，雨点打下来。常彦急忙掏出一把折叠伞来，边撑开边说："我出宿舍时，感觉天要下雨，就备好了伞。"

他如此聪慧、周到、细心，如果他做男朋友，有什么不好？心里闪过这念头，马上就将这念头摁灭，这么好的男生，怎么可能是我的男朋友？我是走了狗屎运！不可能，这中间一定有个地方有问题，或者说，会出问题。

只有一把伞，他尽量撑在我的头顶，幸好雨不大。为了走近路，我们决定走学校后门的铁门。那儿一般是关着的，可是今天那铁门一推就开了。我和常彦走进去。

这时一个人影闪进来，满脸笑容地对我说："为了帮助小环了谈恋爱，姐姐我斗胆偷了门卫的钥匙，看你怎么谢我？"

"玉子，不是这么一回事，不要乱说。"我不快地说。

常彦看到玉子，想说什么，却止住了。我让他快离开。

玉子转身将那铁门的锁弹簧合上。"这下谁也不知道了。"她靠近我耳朵，"我偷偷配了这钥匙，以后我们进出就方便了。你可不准告诉任何人。"

119

我点点头。

如果她对我很凶，甚至发脾气，那正常。可她对我很好，虽然话语里有嘲讽，听上去也是友好的，不管如何，她肯为了我去偷门卫的钥匙，这点证明她对我不错。

"常彦是校草，还会演戏，你有眼光。"她无话找话说。

"不是你想的那样。"

"我也喜欢他，你要是否认他是男朋友，那我可要追他了。"她说。

我看着她，她沉默了，走在我右边，她的心思，我不傻，我明白。

他们去了哪里

教务长被公安局抓了后,公安对我们每个班上的女生进行了一对一的调查。我对他没有印象,他看上去很温和、很有耐心,不太像花心萝卜。那个女生被开除,已经离开学校。

这个调查持续了三天。三天来,学校笼罩着性的气氛,因为相关的问题都会被问到,比如,教务长有没有摸过你的手或腿,等等。

宿舍里女生议论,认为人家与女生婚外恋,可能是真爱了。也有人说可能是有人要搞他,把他的问题往纲上提,想要他坐牢。

低年级利用周末组织去缙云山温泉秋游。学校三辆大巴把三个班愿意参加的人拉到缙云山下。我们起了大早,太阳出来时,已经开始爬山。上山的路,大都是青石板,完全在竹林中穿越,小道都在林中，有很多参天大树，不多时天色暗如夜晚。好多游人，拿着相机、拄着树棍经过古刹，我们人多，停下让路。接近山顶，寺庙增多，唐宋石刻或是明清石牌坊每一处都令人惊艳。有同学说爬不动了，就留下在那儿模仿名人书法。常彦始终走在我边上，给我介绍缙云山，说它有九峰，数我们要去的玉尖峰最高，海拔1050米。每个人都背着干粮水壶，他递给我白糖包子，是一早去铜仙镇后街买的。

我总觉得这次秋游是常彦安排的，他想制造一种可能性，让我明白他的好，同意做他的女朋友。

寺庙周边的古树大都夹有桂树，有金桂，有银桂，有的含苞，有的正在盛开，阵阵香气迎面而来。玉子在她的班级里，跟一个男生很亲密，那个男生拿着一台海鸥牌相机，给她和别的同学拍照。我们班的主演林秀，手里有台相机，也在拍。

常彦说："我们得拍个合影。林秀，请帮个忙，让我和导演合个影。"不由分说，他拉着我到一棵金桂树下，我望见对面山缠绕着云雾，有的浓郁，有的淡泊，仿佛一幅气象万千的画卷，异常美丽。

"两位真的好配！不在一起，都对不起自己。"林秀说。

我笑了，听见一声响，她按了快门。

班上所有的人都在看我和常彦。他不管，照样对林秀说："给她单独拍一张！"他让我侧对群峰。这张照片我没有笑，因为我看到了披着头发的玉子走过来。

她戴了草帽、背着军书包，白衬衣牛仔裤，没有看我，径直走向常彦，把他拉到一边。我本能地想走过去，却被几个女同学拉着合影。我偏头朝那边看，玉子严肃地说着什么，常彦却笑了起来，笑得前俯后仰的，她肯定讲了一个笑话。

这让我生气。我不想看，拍完照片就跟女同学们继续往玉尖峰爬去。在山峰上，只看到云海，其他什么也看不到，而且气温变得很冷，我嘴唇发紫，害怕得感冒，便决定下山。

如果这是比赛，我下山的速度肯定得第一，就是不停地走，一个劲看清路，什么都不想，保持均匀的速度，待我下到一半时，等了好一会儿，才有同学跟上来。没有看到常彦，也没有看到玉子，快到山腰时，他俩都不在。

他们去了哪里？我总有个不好的感觉，心里堵得慌，常彦不会出事吧？

有部分同学去泡温泉，北温泉非常有名，我也带了游泳衣，但是没有心情。坐在大巴里，推说身体受凉，不舒服。

车子上除了司机，就是我，离车子回程离开还有一个半小时。我拿出书包里的笔记本，打开来。

天上的鸟

"你数过最多的鸟是多少?"我问他。
"两百只。"他说。
"为什么问这个问题?"
"因为你比我年长,见过的事多过我,吃过的饭多过我,走过的桥比我多。"
"他们都说你自杀了。"我说。
"我走了。那天我走时来看过你。谢谢你陪着我在江边走路。"他回答。
"你心里想不通,对吧?可以把我当作一个朋友说说。"
"说了,未必能改变什么。我不能把心里的沉重压到你这么小的人身上,这样不公平。天上的鸟就是这样的,它们叽叽喳喳后,便会独自飞到礁石或是缆索上停留,听江水流淌的声音,想一想,今天想不通,明天也想不通,就独自飞到另一条江、另一座山去,这儿不留爷,自有留爷处,否则爷可以卖豆腐,怎么也是可以过下去的。过下去也有另外的方式,你看我还是能和你说话,还是能看见你,因为你一直在我的魂里。"

"如果我说我不是像你那样对我的,你不要难过。"

"我知道,你会忘掉我。但有一天你会想起我,因为我就是那天上的鸟,想自由地飞。当你专心地注视天上,你注视鸟,你会的,我保证。"

三个人

当天晚上熄灯后,我的宿舍响起敲门声。我出去,外面没有一个人。

我躺在那儿,望着天花板,上面白白的,什么也没有。反正睡不着,我决定继续在走廊读书。

我之前写那只自由的鸟,是因为代课的祁老师。我收到高中同学的信,说他走了,走得没有痛苦。没有说如何走的,为什么走,只听说是自杀的。算算时间,就是在他来学校看我的时间前后。如果是之前,他是来告别的。如果是之后,是他的魂来了。人死如灯灭,如风散开。迷信那套,谁会信。从小在长江边长大,我眼睛里看到灵异的事发生,江边发豆芽的老头子,他的豆芽被他吹一口气,就比别人发的豆芽长得精壮,一天时间就成了。最让我惊奇的是,我头痛,被一个神婆的手一摸,马上神清气爽。如果屋顶瓦片掉下来,要在那个地方放一碗饭,否则下次就会有人被瓦片砸伤或丢命。从我十岁开始，人们不再因饥饿而死，那时野猫还是寻不到吃的，又怕被人捕着当作食物，便偷偷跑来人的垃圾桶里找吃的，找不到它们会气愤地留一摊尿。有心人会在垃圾里留下剩饭或是在门前放一碗凉水。这户人家就不会有猫尿。

我猛一抬头，看到走廊末端窗子那边站着一个人，吓了一大跳。我眼睛眯着看过去，发现是玉子，左手臂绑着绷带。

她抚开掉在脸上的几缕头发，朝我这边看。

我站起来，朝她走去。"啷个回事？你受伤了。"

"我不是故意的。我只是和常彦开玩笑。"玉子抱歉地说。

"他也受伤了？"我停下，我们之间有两米的距离。我的身体不想靠近她。

"放心，他不重，他只是轻微骨折，大夫说一周就没事了；我重一些，筋扭着了。"她说，并解释是因为她挑战他敢不敢抄近路，直接穿过树林下山。他说有什么不敢。没想到有片树林上面盖满树叶，却是有洞的，他们都摔倒了。幸亏伤不重，有路人帮忙，将他们送去了山下医院。

我不敢相信玉子说的。我的预感果然是真的，常彦出事了。

"都怪我，我对他说，我只当他两分钟女朋友，告诉他女朋友的童年往事，以此交换。"

"你——"我说不出来。

"我只是开玩笑，他大笑，并走开了，想去找你。可是马上他折回来，点了点头。"

"我告诉过你，他不是我的男朋友。你不必这样做。"

"你不要告诉你二姨。"玉子说。

"为啥子？"

"她会打断我的腿。"

"我不告诉二姨，是不想让她生气。不是为了你。"

"不告诉了？"

我点头。玉子满意地对我举起一只手，像敬礼那样，突然她朝我递了一个眼色，并微微侧了下身。

我看过去，是常彦走上楼梯口，朝我们走过来，他的左手也有一个绷带。他对我说："你要听我解释。"

玉子走到他的身边，很亲热地望着他说："常彦，你来了。"

"不想听解释，我希望你的伤早点好。晚安。"我说完，搬起小凳子，拿着书走回自己的房间。把走廊留给他俩。我爬上床，躺下。

门外走廊先是争吵声，然后是女舍监赶人的声音。不知为什么，泪水涌了出来。我用手擦，这是为什么？我不是不喜欢他，不是不稀罕他吗，但为什么哭？

一封信

第二天是周一,我眼睛肿得厉害,起床时,头痛得厉害。好不容易挣扎起床,也没想吃东西。梳洗完后,也不想去上早自习,就一个人待在宿舍里。坐了几分钟,我背上书包,打开门去上课。发现门口桌子那儿有一封信,写着我的名字。我拆开一看,是一张字条。是班长常彦写的:

  清者清,浑者浑。

明朝兰陵笑笑生在《金瓶梅》里说过这话。
  一个星期,我没有和班长说话,倒是看到他和玉子一起在食堂吃饭,跟一些人在一起,他们有说有笑。有一次我去江边,看到他和她在芦苇边站着,两个人左手都有绷带。玉子没有到走廊或是我的宿舍来找我。同室室友说,这两个人同病相怜,玉子那么有才,样子也不差，男人的心易变，你自己要小心。

我当没听见。周末上午，我收拾好，去铜仙镇车站，等进城中心的公共汽车。如果公共汽车再不来，我只有竖起大拇指，搭便车进城。这个念头钻出后，车子慢慢地驶来。车里下来几个人，我上去，发现最后有一个靠窗的位子空了，便走过去，坐了下来。车门关上，车子启动，朝前驶去。

二姨

公共汽车沿着嘉陵江往重庆城中心行驶。几天前我给二姨写过信,告诉她,我在这儿遇上了她的女儿玉子。虽然记不得具体的门牌号数,但钢新村三排,我记得;二姨叫唐玉英,我记得,相信那一带的邮递员不会投错。

车子在牛角沱转盘停了,我问售票员如何到两路口去西区动物园。她耐心仔细地告诉我。于是我爬了一个上坡,大约走了十分钟,到两路口去郊区的公共汽车站转车。

这儿是一个汽车中转站,有十几条线路,永远车水马龙。我找到去西区动物园的路线,小心地对了对,才敢排队。费了很长时间,最后挤上车,车子没沿着长江这边往九龙坡方向驶去,我睁大眼睛,怕过站,即使很累,也不敢合眼,但还是睡着了,待我醒来时,正好车子停了,男售票员扯着大嗓门在吼:"赶快下车,我要交班了,快点!"

"是西区动物园？"我问。

"是的，快点下车。"男售票员回答。

我从车上下来，打量了四周，虽然十二年过去了，这车站还是原来那个紧靠集市的空地，边上商店有个挂钟，指着上午十点半。集市比以前人多，什么都有卖的，猪肉、兔子和鸡鸭鱼，还有好多竹器，很多挑着担子的小贩，叫卖着新鲜的蔬菜。

我走走停停，发现了补锅店，门开着。我走过去，董江不在，而是一个秃头的矮胖子在敲打一只锅。我问："请问董江在吗？"

胖子摇头。

"他哪阵子在？"我问。

胖子不高兴地停下手头的工作，头抬起来，看天花板。

我这才发现，原来楼上还有一层。我记起来了，这楼上房子，好像董江叔叔说过，是租给别人的。难道他在楼上？我往楼上去，那胖子伸手拦着我，大声吼道："他不在。我不认识他。快走开！真是烦人！"

这些钢厂宿舍区的红砖平房，与印象中一样，中间一坡石梯，两边是整齐的红砖平房，在树丛中，尤其衬着好多棵古老的黄葛树，显得安静祥和。除了黄葛树，别的树树叶都发黄，随风吹来，从空中飘落树叶。没错，秋天这儿的树木配上旧旧的红砖房，就是一张张风景明信片。

不一会儿就到了顶端三排，我走到二姨的房子前，看到号码是三幢一号，一把锁挂在门上。水槽前立着一把竹竿扫帚。我坐在门前，想二姨中午会不会回来。这儿没什么变化，还是生有苔藓的石阶、洗衣水槽、绿漆门窗，窗是铁柱，锈得厉害。

隔壁邻居阿姨下班回来，看到我，问："幺妹，你找谁？"

我告诉她找二姨。我是她家亲戚，小时候来过。

她打量我，想起来。"是小六呀，你长这么高了，时间比风快。你先来我家坐坐。"她往自家门前走去。

"你没见过我二姨？"

我跟着她。

她皱眉："她好像不在厂里上班了。"

她打开门，让我坐。我谢她，没进去，看到门前有一个木凳子，便坐下。她进门拿出红萝卜在水槽放水洗。

"那你晓得我二姨在哪里吗？"

"问董江吧。"

"他不在。"

"这怪了。"

我站起身来告辞。

阿姨说："要不在我家吃个稀饭凉拌萝卜丝，凑合点？"

我谢了她，一个人到二姨家后窗，那里可以看见西区动物园的院墙高耸，爬上藤，挂着红叶、黄叶。我回望二姨的窗子，我的脑袋身子怎么可能穿过那铁柱？当然那时我小。玻璃在阳光里晃着眼，风吹动荒土的树，我仿佛看见那孤单的身影站在窗前往外注视。

我想起二姨在门前伸手掏门框上端的钥匙。我绕回，伸手在门框上摸，果然有一把钥匙。于是我打开门。这儿一切如旧，两张床一左一右，陈设没变，甚至二姨床下，她的一双塑料拖鞋还是头朝外。二姨即使不在钢厂上班，也还住这儿。我锁上门，把钥匙放回门框上端。

我决定四处走走，晚饭时再来找她。我一定要问清她，除了叶子,她还有两个孩子的事。

不是周末,动物园的人并不多。有很多鸟在叫唤,孔雀也在叫,没人逗,它也开屏。我童年的记忆不完整,在金鱼池前有了印象,感觉有人跟踪我。跟七岁时一样,这怎么可能?可是走着走着,这感觉又有了。我回头看,没有人。我走到观赏虎豹的位置,没看到豹,关着老虎的地方是双层铁柱,有三只华南虎:两只小的在岩石上走着;一只大的仰着头,它的胸腹部是橙黄色的,耳朵尖尖的,小小的,与我对视。说实话,它看上去很像尖耳朵,可它看了我几秒钟,就伏地闭上眼睛,一分钟不到就打起鼾来。

我背转过身,看到一个身影往后一缩。我追过去,是一个中年男人,不是跟我的,是跟我身边那个年轻女人。我拍拍脖颈,对自己说,不要怕。

从动物园出来,好多人在挤一辆公共汽车,我想也不想,也挤上去了。

与其没有目标,不如任车子带我看看周边。

车子走了两站,停下。下了五六个人,他们扛着包,动作很慢,又上来一个人,司机见他,高兴地让开座位,下了车。新来的司机坐上后,发动车子。我也坐到前排位子上,沿途没什么房子,汽车逢站必停,路有些窄,为了小心,开得像马车。没多久,我感觉车窗外路边河岸种了好多菖蒲,景色特别,对岸是一些不太高的房子,错落有致,似乎有个车渡码头。我下车来,走了一会儿,看到一个平房,是供销社,站在那儿可看到不远处的长江。

比起嘉陵江,长江在这一段很宽阔,沙滩也宽阔,没有人迹,静得像另一个世界,天空也蓝得发紫,月亮露出半张脸。白天有月亮，不多见，但我小时见过。

　　这一切跟当年董江骑自行车带我到江边游泳的场景相似，应该就是这一片地区，有好些山坡。没错，就是这个地方，这应该在我今天来西区动物园的计划之中，我就是想在这个地方看看。

　　下了山坡，我沿着沙滩走着，有好多圆形的石头。我觉得这些大石头奇怪，就走过去，绕着石头看，突然一个穿红风衣的姑娘映入眼眶，准确地说，她是坐在一块伸出江面的峭崖上，正在钓鱼，头戴一顶草帽，脚上是一双带扣的黑皮鞋。我后退一步，这背影太熟了，我走近几步，没错，是二姨的女儿玉子。

　　她伸直的双腿动了，手拉线，收回饵，重新用劲扔出去。那线带着浮漂的一串塑料珠散开。

　　我走近她，她的右边摆了一个鱼竿。我有些发愣，犹豫着是坐还是站。这时她眼睛仍盯着江面，轻声说："坐下吧，我等你多时了。"

峭崖

我坐下,玉子仍是没有看我一眼。我们都是穿红风衣,只是她的红偏橘色。在这样的下午,两个花样年华的姑娘坐在空荡荡的江边峭崖上钓鱼,显得怪异,非常超现实。她的左手有绷带,这点让我相信自己置身于一个真实世界,而不是在我的小说里。

"为啥子你等我多时?"

"我跟着你呢。这个地方,你肯定会来,如果你的记忆还在的话,当年董江在这儿教你游泳,你不会不来。"

"你啷个知道,又是我在梦里告诉你的?"

"错了,当时我也在场。"

"不可能,当时没有你。"

"我的记忆有我。你的记忆没我,我们去问记忆老祖宗不成?"

"当时你在哪里?我二姨,我总觉得跟你隔得远。这是直觉。"

"钓鱼吧，我们比赛，看谁先钓着鱼，谁有权问对方一个问题，必须老实回答。"

"好的。"我回答，抓瓶子里小虫子套上钩，然后将鱼饵扔入江水中。

峭崖看着大，其实平整的空地仅够我与玉子坐着，边上是斜的。我们面朝的江水看上去碧绿幽深，两米外水流湍急。沉默的空气中吹来玉子头上茉莉的香味，我的脑海里出现早已忘记的情景：董江在江里，大划臂游着；我抓着游泳圈走入水中，游了一会儿，因为害怕，便扛着游泳圈到岸上玩沙子。那山坡上站着唐庆芳，董江的老婆，她死死地盯着我。他走上去和她吵了起来。那天云淡风轻，江边不是这么清静，江上也有船只在行驶，空中飞过好多鱼鹰，叫嚣着，鼓舞着一男一女的争吵。

"我钓着了！"玉子欢快地叫道，打断我的思绪。

她收线，将鱼放入一个装有水的塑料袋，外面套有一个篓子。

"我赢了！"

按照我与她刚才的约定，谁先钓着鱼，谁有权问对方一个问题。我叹口气，等着。她往江里扔下一个钩有小虫子的饵后，不慌不忙地侧过脸来问："叶子，是死是活？他死，在哪里；他活，在哪里？"

我笑了。

"你笑啥子？"

"这是两个问题：一个是生，一个是死。"

"这是一个问题，是关于生死的问题。"

"好吧。但是这个问题，我以前回答过你，答案是：我不知道。"

"你喜欢我写的诗吗？"她有些胆怯地问。

137

"喜欢,我也喜欢德彪西,我听他的音乐很久了。"

　　"有一次,我跟叶子一起,董江给我听唱片。叶子说他喜欢。我也喜欢,他把唱片当成宝,抱在怀里,那样子傻乎乎的,可爱极了。我真的喜欢他,我与他形影不离,有时,我就叫他德彪西。"

　　原来是这样,叶子是德彪西。我心里惊奇万分。

　　"你不觉得你的班长常彦跟叶子有几分像?因为你,我才发现这一点。"

　　"常彦身上有成熟男人之风。叶子没有,叶子是个孩子,好善良,好纯洁,是一块玉。"

　　"常彦也是一块玉,倒退到叶子的年龄,常彦肯定和叶子是同类人。"

　　"叶子更勇敢、更无畏,他身上有种超脱尘世的魅力,人和动物,甚至植物、江水都会喜欢他。"

　　"你是走火入魔了!"玉子的声音明显有种不快,"你不该对叶子有这么重的感情,这会害了你。"

　　"你不懂。"我说,马上想到一个问题,问她,"你跟叶子滑过板车?"

　　玉子点头。隔了好一阵子,她没有说话,而是抹了抹脸上,我猜是泪水。

　　"那他走后,你想念他吗?"我停下,叹了一口气,"我想问你,你一定走过你家门前那条路吧?"

　　"当然,天天走。"

　　"我是指走到头,到头那儿是什么?告诉我。"

　　"顶端?"她发出冷笑,"我不敢走,我们那儿的小孩都想走,没一个人能走到尽头。我试过。"

　　我等着她往下说。

"我走过,那是十二年前,我看见那儿全是焰火。"

"是小孩子们提的灯?"

"不,就是焰火,像是房子着火,也像人着火,一片都是火。晓得吗,我妈妈说,所有东西离开都会是焰火,发出亮光。那焰火从地上升上天空,很绚丽,很雄伟,路的那边全是,声音炸裂得吓人,非常壮观。我惊呆了,不敢向前。天知道路的尽头是什么。只有一次,我感受自己接近了那儿,我害怕,浑身战栗,几乎瘫在地上。之后,我没有再走过那么远,每次都有阻碍,要么是我恐惧,要么是遇见了人,我再也没看见焰火。"

玉子说着,身体朝后仰,双臂张开,又突然坐起,握紧拳头,击向前方厚重的空气。这让我想到一个男人,或男人的气概。也许她像她的父亲。我从未听爸爸妈妈说过二姨父,于是我问:"玉子,你爸爸跟妈妈离婚了吗?"

"你钓着鱼了?"她说。

"没有。"

"那还轮不到你问。"

"规矩是人定的,我们不打赌,我问你一个问题,你问我一个问题,一样平等,可以吗?"

她没想到,隔了好一阵子,点了点头。

"跟我说说你的爸爸,他是怎样一个人?"

玉子抚了抚在额前的头发,她的眼神有些惊慌,但马上镇定了,说:"你的爸妈没告诉你?"

我摇头。

"你的二姨也没有告诉你?"她的口气变得理直气壮了,甚至不耐烦。

"不要绕圈子,你就直接回答这个问题。"

"我不晓得该怎么说好。这个问题,最好不要来问我。反正一个孩子没有父亲,是不可能来到世上的。他是谁,长得如何,做啥子工作,不重要,重要的是他爱不爱你,像不像一个父亲!父亲对我来说很陌生,像假的,因为他的心从来不在我身上,不把我当一回事,这样的父亲有没有,都不重要。"她转过头来,"小环子,我想再次问你,叶子在哪里?跟我说实话。"

"我真的不晓得。我只晓得他跟尖耳朵在一起!它是动物园的老虎。"

"尖耳朵,动物园的老虎,真是胡扯。你晓得,你肯定晓得。你一直在装,你一定见过叶子。"

"我装啥?"

"你见过叶子,是不是?你为啥子不讲?你这个骗子,你这个罪魁祸首!"她突然像头受伤的豹子跃到我身上,打我的脸,抓我的头发。我松开鱼竿,反击她,但她力气大,把我往崖上一推,我顺着斜面跌在崖边,不由得双手紧紧抓着崖边。

玉子站起来,把绷带取了,扔到地上,说:"告诉你,小环子,我骨头根本没伤着,筋也没伤着。"

原来她是假装的。

我不明白她为什么要这样对待我。她走过来,黑皮鞋踩着我的手,说:"对不起,我晓得你水性不好,在你掉下江前,我想告诉你一件事:唐庆芳是我妈妈。因为你,我失去了她。"

我痛得大叫。这怎么可能?从一开始,我遇上面前这个玉子,我的记忆是对的,并没有出错,二姨除叶子外,就是没有别的孩子,二姨家镜子背面那张照片只有叶子一个小孩。玉子是那个想害死我的女人的女儿,原来董江是她的父亲。他爱上我二姨,玉子不会原谅他,如同她不会原谅我一样。看着我的狼狈样,玉子轻蔑地说：

"这水不浅，你是死是活，全靠你造化，不是我要害你。"

"拉我起来！"我大声对她说，"我告诉你，叶子活着。"

"你明明想活，在骗我。"她跳开，盯着我，"晓得吗，只要叶子不死，我妈罪名就轻了。好吧，我做做好人，不踩你的手，救救你，以观后效。"

她说完，果然移开脚，把右手伸给我，却乘我不备，把我的身体往外推，我反应更快，整个身体全力前跃，右手用力一抓，居然抓着她的右小腿，她一个踉跄，整个身体一歪，带着我往下坠落，甚至都来不及尖叫，那湍急的水流一下子将我们冲走。

江水之轻重

那峭崖最多只有两米高，危险在于它像一个鹰头伸出一段在江面上。从那儿落入水中，若是不会水性，必死无疑。我感觉自己的身体垂直坠下，但还是紧抓玉子的右手。我们的身体往江底沉落，溅起大片水花。

我憋住气，奋力地蹬，身体往上蹿，虽然带着一个人，我的脑袋还是出了水面，呼出一口长气。但是水流把我们往下游冲去，我与玉子身体的力量相互扭着，浪掀过来。我握着她的手松开了，呛了水，几乎同时，我怎么想往岸边划都没有用，浪太大，水流卷裹着我，不知过了多久，我感觉冲着身体的水流减缓。我用最后的力气朝沙岸游去，看到一个红衣女孩已被浪冲到了那儿。

"原来你会游泳。"她费力地说，"我不会游泳，我天生怕水。"

"你没在我的笔记本里读到我曾天天泡在小三峡江里？"我吸

了口气。

"我没看完日记，我不是一目十行的人。哼，为啥子要救我？"

"我也不知道。"

"我还是恨你，恨你们每一个人！"

"我见过叶子，也许是他的魂。我不晓得他在哪儿。"我说。

"你看，你还是不说实话。"

"我说的是实话。"

一股浪突然将我覆盖，我重新卷入水中。好多焰火在燃烧，跟之前垂直坠入水底时眼睛看到的景致一样：金光闪烁，跟那天我在一座有房子的桥上，跟在叶子和尖耳朵老虎后面一样的感觉，甚至他的脸也在焰火中显出。"我看见了你！"我心里说，然后完全失去了知觉。

好多声音，有一个熟悉的声音在呼唤我的名字，有人亲吻我的嘴，我像一条鱼，被人踩着按着。我难受，我感觉我死了。就在这时，我胸口被一个有力的东西撞击，吐出一大口江水来，叫出了声，睁开眼时，居然是常彦蹲在面前，双手放在我胸口，在给我做急救。他马上移开手，看着我，眼睛亮了，一脸的焦虑舒展开，激动地大叫："你活了，天哪，你活了！"

这时沙滩上涌来好多脚步声，公安人员也在其中。

我无力地望着常彦。他说："没事了，你没有受伤，只是腿被石子划破皮而已。她的手臂真的骨折了。"

我们被带到当地医院，在给我和玉子处理伤口包扎后，公安人员分别给相关的人做了口供和相关案件的记录。玉子承认她做的一切。我反对他们通知我的父母。于是常彦带我回学校。

我们坐上一辆公共汽车,窗外的景致频频掠过,不等我问,他就告诉我,是他报警的。

"你啷个赶来得这么及时?"

"我跟着玉子上车,她不晓得。"

"怎么可能?"

"听我仔细讲给你听,事情要回到我们上缙云山的时候。"常彦说。

那天差不多快爬到缙云山山顶,当我和常彦拍完合照时,玉子走过来,把他拉到一边,对他说:"我要杀了你的女朋友。"他听了大笑。她说,如果他愿意当她的男朋友两个小时,她可以告诉他她想杀人的原因。

"所以,你跟她走了?"

"两个小时后,她告诉我,你跟她是亲戚,之后,啥也不说,非要我跟她一周都在一起,假装男女朋友,才告诉我要杀人的缘由。结果时间到了,她说是逗我玩的。"

我看着他。我相信他,因为那天晚上,在宿舍走廊,我遇到他和玉子,我听到他们争吵起来。疯狂的玉子,我认为她什么事都做得出来。她盯着我,发现我要去找二姨,她会比我早到达,我在西区动物园,身后那个跟踪的人想来就是她,她算准我会故地重游,便去这江边。她是高智商,谋算这种小事,完全不在话下。

常彦跟着两个姑娘到了这江边,不敢靠近,幸亏他早有准备,带了个望远镜,就在供销社门前观望。看到玉子踩着我的手,他拨了公安局的电话,人就往峭崖这边奔跑。但还是迟了,他沿着江边往下水方向走,在二十米远的洄水沱发现了我们。

他说他心里一直没谱,总觉得玉子眼睛里有好多钩子,看不到她的心。她很健谈，看的书非常多，好多片段能倒背如流。她给他写了好多诗，说她因为他，内心痛苦。有一天，她说她应该上大学，她说她就是傻瓜！他问她，那是什么原因让她进了这所中专学校？她一会儿说乱填的，一会儿说是高考落榜后被乱分的。有一次她又说她的分数很高，就是可以上大学了。为什么放着大学不上，来这么一个中专学校？她说是和家里人对着干。他觉得不是这么回事，不敢大意。他也不知她的计划，虽然他问过她好多次，她说是故意引起他注意才说了要杀人的狠话。

"为啥你不指控她是预谋害你？"常彦不解地问。

"我不晓得。"我回答。

"我现在晓得你们之间存在着叶子和唐庆芳，你就不怕她以后来加害你？"

"如果她要那样做，我等着她。我不想冤冤相报，一代又一代。"

"你的气量大，跟别人不同，我没有看错人。"常彦一把握着我的手。

我没从他的手里缩回手，反而把头依靠在他的肩上。窗外飘起黄豆大的雨点，车子经过几幢房子，进入大街，雨下大了，很像那天我们走在铜仙镇后街的情景。我承认我喜欢他，也试着理解之前他和玉子所有的举动。这样的男生，有主见，也能忍着，在关键时刻挺身而出，救了我！我不能不佩服，我不是喜欢他，而是早已爱上了他。

独钓

终于等到一艘运菜的小船，愿意顺便带我去对岸。我上了岸，发现这儿跟在对岸看时的不同，有人在行走，也有房屋，只是没有高楼。有意思的是，当我注视刚才那一侧岸时，那儿也只有山丘和树木，没人烟。

我盘膝坐下来，开始钓鱼。浮漂那儿马上动了，我往回收线，发现饵上没鱼，小虫子被吃了。我遇到狡猾的家伙了。

鲜艳的朝霞把江面铺得美丽异常，一条船也没有。

我发现我可以看得很远，所有的事都是一朵朵浪花，我拂开它们，发现老屋里母亲在厨房刮鱼鳞，她切了一块白萝卜，顶着鳞，那鱼一会儿就干净了。母亲剖开鱼背，只取鱼胆，再手抠住鱼鳃，剪鱼翅。她将鱼里外抹上盐，撒上姜丝，也放上泡辣椒块和一把花椒，倒上菜籽油，切三块肥腊肉放在上面，清蒸十五分钟，就端上桌。

她站在桌边，给每个人分，如果不分，就会被抢光。

我不喜欢吃鱼，除非这鱼是母亲做的，她做的鱼没有鱼腥味，鲜美无比，每一滴汤我都会舔干净。

"不吃就不要钓！"——有声音在说。

我听到了，四下看，没有人。看见母亲真的让我好快乐。

我得钓鱼，不然我怎么想清问题。这是我心中的问题，谁也没办法帮到我。

"问题都是想出来的，不想，就没有问题。不如看看天，看看水，视一切如雾，来去任它。"——又有声音在说。

四下还是没人。我看了一圈。小时我经常跟在大孩子身后，看他们在夜里打仗，有时他们用菜刀把对手砍得鲜血直流，受伤者抓了把沙，往伤口上抹，无事一样继续打。

天上霞光散尽，暗暗的，像一张用久的抹布悬在那儿，江水流着，随风泛起涟漪。我起身，看到江面上自己的身影：我披着长发，蓝花衣牛仔裙，脚上是一双橡胶雨靴。这样子令我不由得后退一步。江上冒着热气，水变得浑浊。我扔了一块石块过去，石块一下子弹回岸边。我渡过岸了，还能回到出发的地方？有艘运菜船驶下来，我喊，我要回去。

那船停下，船主是一个老女人，她说，只有单行道！只有单行道！除非你能找着那座桥。

她说完，侧过脸去，脸上有麻子。她掉转方向，驶远。

我不信，居然朝江水无所畏惧地走去。那船一下子没了，我发现我回到了原先站看的地方。好多鸟在飞舞，有仙鹤，有豹，还有犀牛，还有好多我叫不出来的动物。

那座桥我见过，印在我的记忆里，包括叶子。

二姨

我停下笔，合上笔记本，从走廊搬凳子回到宿舍里，那唯一的读者玉子不在了，心里竟有几分惋惜。

我和玉子的事虽然发生在校外，但消息走得快，在学校里炸开了锅。穿着白制服的公安人员频频出现在校园，保卫科这段时间配合他们的调查，也叫我们年级的同学核实细节。玉子不在学校，有人说她在医院养伤，有专人守着；也有人说她在拘留所。

我仍不指控她，说她是无意的，这跟她自己的供词不同。

这天下午最后一节是化学课，班主任到门口对上课的老师耳语后，她招手让我出教室。我跟着她一直上了一坡石梯，又下了一坡石梯，走到保卫科。

二姨坐在里面，看来已来多时，里面桌前还坐着两个公安人员。我径直朝二姨走去，她一把将我拉入怀里，紧紧地抱着我。她的头发有些灰白，脸上添了几条皱纹，样子没大变。"你妈妈晓得吗？"她问。

我摇头。

"这事得通知她和你爸。"

"反正我没事，我以后告诉他们，不然他们会担心。"

她想了想，点点头。

"你有什么新情况要提供，或是想到了什么？"保卫科科长问我。

我明白他的意思，我摇摇头。

出了保卫科，二姨让我跟着她。我没问她，而是听话地与她一起走出学校大门。经过公共汽车站，二姨看看手腕上的表，说："我还有时间。"她拉着我的手，顺路来到铜仙街上。我跟着她走着，最后她停在铜仙餐馆前，要了几个烧饼，也要了半斤卤鸭，说是给我打牙祭。

"我们干脆去江边野餐吧？"她说，向服务员要了快餐饭盒和筷子。

我没想到，很惊奇，急忙点点头。

我们一起去餐馆上厕所。我有意走下旋转楼梯，在底层厨房，一个五十开外的男人在掌勺，他抬头看我一眼，马上低下头。我皱眉头，这家餐馆的厨师怎么不是同一个，但神色都怪怪的。

出了餐馆，我没看到二姨，猛地一回头，发现二姨立在门边，盯着那块写着餐馆名字的木头发呆。

"走吧，二姨。"我说。

"你带路，找个清静的地方。"二姨转身走过来。

我带着二姨从铜仙后街走，下坡在江边走了一阵，直接来到我和玉子钓鱼的礁石,坐下来,面朝江水吃起东西来。烧饼外脆,蘸了黑芝麻,馅是白糖猪油,咬一口,心事再重都化开了。卤鸭味浓,不软也不硬,入口有肉汁也有五香味。

"比我做得好。"二姨吃着,赞叹道。

我边吃边对她说到与玉子发生的一切。我说到那个麻脸老女人,"刚才我也看了,她不在餐馆的厨房里。"

"你说的人,很像玉子的姨婆,我们那一带的人生病扭伤,都找她治病。她是个巫医,岁数很大,起码快九十了,但显得年轻,一直帮唐玉芳照顾玉子和刚子,刚子学习很好,考上了大学。"二姨皱眉,"没想到玉子把她也搬来了。我记得她的姨婆还会书法,铜仙餐馆四个字就是她写的,我认得出她的字。"

"你认识这个姨婆?"

"很久以前打过交道。"

"什么时候?"

二姨叹了一口气,不再说话。

"你收到我的信了吗?"我问。

"几天前,董江把信给我带到医院。我一看信,晓得玉子跟你在一个学校,就想来看你。我有预感,这孩子会做傻事。还好,你网开一面,这样她不会坐牢。我刚才跟学校说了,最好给她处分,最好转一个学校,轻工业学校,在我们市里有好几个,都是同系统的。"她看了我一眼,"这也是你董江叔叔的意思,他没想到你不追究她,说唐素惠养的女儿,唐玉英的干女儿,怎么善良得很?"

"董江叔叔?"

二姨说:"你到保卫科前,我借他们的电话,跟他通了一个电话,他让我谢谢你。"

我不知说什么。这时江面驶过一艘运煤的货轮,二姨看着说:

"唐庆芳没死,她在精神病医院,时好时坏。"她叹了一口气,"我不想她死,我跟你一样,十二年前,我心平气和后,我说她是情绪失控导致我的叶子死,导致你差点死。你妈妈和我都这样想。这样她最多算是过失杀人,最多判五年刑。"

我不理解,问:"为啥子要如此待她?给我理由。"

二姨听了,没有回答我的问题,而是说:"当时唐庆芳也没想到,精神受了刺激,天天要自杀。结果被送到歌乐山精神病医院。为了照顾她,我今年提前退休,到那儿做护工。"

难怪二姨不在家,我问:"因为你和董江叔叔,你内疚?"

二姨摇摇头。

"董江叔叔为啥没来?"我问。

"出事那天,他就被公安局找了。他赶到医院去,"二姨停了停,"他打了玉子。她长这么大,他这是第一次出手。他对他们说,这事他愧疚,他不是一个好父亲,玉子做出这样天理不容的事,由我和你、你的爸妈处理。一个人得为自己做的事付出代价。他不好意思跟我一起来跟你见面。"

那天我送二姨到镇上的公共汽车站。二姨的脸色不太好,不知是累了还是焦虑,她整个人瘦了一圈。她让我以后去歌乐山找她,她在那儿租了一个房间,董江也在那医院边上继续做铁匠。"他的手艺不错!"她喃喃自语。

车子来了,二姨上车了,在窗子那儿和我招手再见。我站在夕阳下,看着车子远去。我没对她提我见到叶子和尖耳朵的事,连玉子都不信,谁会信呢,告诉她,只会增加她失去他的悲痛。

玉子果然没回到学校。两年时间很快过去，我被分到重庆市中区一家物质公司当会计，常彦也被分到上半城七星岗物资局团委，隔得不远。我们经常在江边散步，计划着一起去北京或上海，到大学里深造。对岸就是南岸。我不常回家。有一次父母打电话给我，问我要不要一起去歌乐山看二姨。我说这次不去了。趁着父母不在家，我带着常彦回南岸家中。

我们在水池子那儿小馆子吃了点东西，回了家，给他简单介绍周边附近。常彦看到我心事重重，拿着他的相机，说他要一个人去江边走走，从南岸这边拍些市中区的照片。他走后，我一个人站在屋中央，听着墙上闹钟的声响，掏出大姐给的铜钥匙，百思不得其解，她给我这钥匙是什么意思？

我想了好一阵，她的箱子，我不可能拿到。那么是保险柜的钥匙？不可能，因为没有号码。那么这钥匙只可能跟我们的家有关。

我脑洞大开，我试遍家里的箱子，都不能打开。我坐在圆桌前，窗外传来隔壁房子热火朝天的吃饭喝酒的声音。对面就是母亲的架子床，小时候那床上总是藏着一些东西，比如红糖，还有花生米。没准，东西在那下面。我走过去，弯下身，搬出装鞋的竹筐，搬出一些瓷罐子，我看到里面有东西，拉出来，是一口红漆掉得差不多的箱子。我将钥匙伸入，弹簧开了，我激动万分。

我打开箱盖一看，里面都是母亲的东西，有高跟鞋，有漂亮的丝绸衣服、礼帽和大衣，还有几张照片，有她跟别的女人的照片，也有跟男人的照片，其中有一张照片，上面是三个身着旗袍的美貌女人和一个穿着西服青年英俊男子靠在一起的合影。即便他们青春盎然，格外意气风发，装束截然不同，但这四个人的脸，对我而言，丝毫不陌生，男的是董江，女的是母亲、二姨和唐庆芳，照片背景竟然是整个重庆从抗战以来最著名的心心咖啡馆。

　　我拿着照片，整个人惊在那儿。大姐晓得好多事，她走前特意交给我。母亲是不肯说的，不然她不会将箱子上锁，将箱子推到床最里端。

　　看来，我得走一趟歌乐山了。窗外，有夕阳此刻透过玻璃照射过来，将我的身上镀上一层粉红色的光。我移步了，光还在那儿。

第三部　悲伤多边形

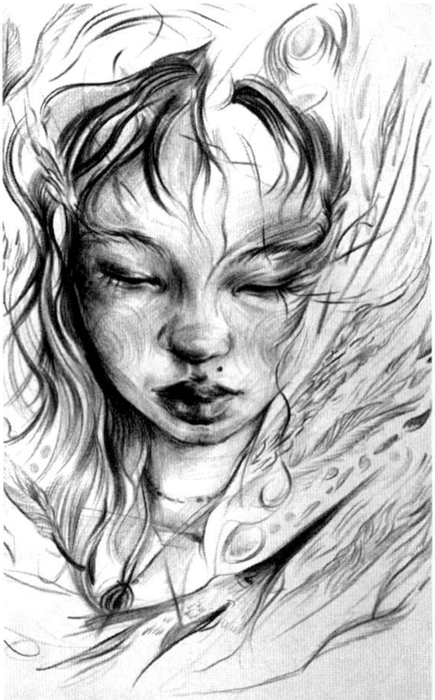

1983年 重庆

渡轮在横过江心时,波浪太大,突然向左倾斜,好些江水溅到船舱里,我和常彦站在这一侧,衣服都湿了。惊魂不定中,我听到常彦说:"你有心事,不想告诉我?"

"我也没弄清是怎么一回事。"我对他说。

"你现在跟我的话越来越少。"

"这不是我的问题。"

"那是我的问题?"他的样子很无辜。

我伸手拉着他的胳膊,船到岸后,我跟他去了他的住所,我们一样大,21岁,对身体有共同的需求,对未来也同样充满想象。办完事后,我们躺在床上,我喃喃自语:"今天在船上,真险。"

"放心,我会保护你,保护你一辈子。"他认真地说。

我看着他,说:"小时就看到船翻,没想到自己遇到了。"

半夜我醒了,盯着黑暗的天花板,再也睡不着了。常彦在边上睡得很踏实，打着呼噜。当会计，脑子里不能开差，错一个数字，都得重来。但写诗，在这个空间那个空间穿越，日子过得混乱。那张三女一男的合影照片，让我无法平静。关于母亲，关于二姨，关于在我幼年想害死我的唐庆芳，我内心长久萦绕着一些疑问，很想理出一个头绪。

我每天上班，连着好几周，周末都有诗歌圈的聚会，喝酒跳舞朗诵诗，我累坏了，决定休整一下。一个周末，我睡了个自然醒，跑到住所对面的小摊上吃了碗小面，有一个女孩穿着件布旗袍，从我面前走过。她的身影有些熟悉，我想不起来。重庆穿旗袍的女人其实并不多，我自己一件旗袍也没有。

我一个人走着回住所。这是公司分的单身宿舍，只摆得下床和桌子，打开门那一刻，我心里空荡荡的。那张照片在我心底显现，我决定上歌乐山找二姨问问，于是背上一个小背包出门。

即使在9月，嘉陵江水在重庆的一段也绿蓝绿蓝的，歌乐山仍郁郁葱葱，少有树叶变红变黄。走在湿漉漉的石阶上，能嗅到空气中有股霉味，的确是家乡特有的味道。灰暗的天色下，远近的山峦飘着雾气。这儿不像重庆城中心解放碑一带繁华，也不像山下沙坪坝，那儿有几个大学，人气喧嚣；山上清静，耳旁随时传来鸟儿的鸣叫。

"你这个方脑壳，肯定是歌乐山来的。"

从小听到这样的话。歌乐山以拥有重庆最早的精神病院而闻名，沾上"歌乐山"的人，大都跟精神疾病有关；当然歌乐山也因为有白公馆和渣滓洞而闻名，它们是国民党在美帝国主义协助下关押抗日人士的监牢，曾经关押过共产党员江姐、许云峰等人士。

1949年11月27日重庆解放军进城前，监牢里除了少数人逃离国民党的大屠杀外，大多数人皆被害了。从小学起，我与别的孩子们一起，年年在这个烈士死难日，戴着鲜艳的红领巾，在高大的碑石下鞠躬，悼念他们，宣誓要将革命进行到底，做共产主义接班人。

记忆中，歌乐山没什么热闹的街，居民很少，冷冷清清的。

多年后，山下山上，大路小路修了不少，墓区绿化仍很好，虽不是悼念日，还是有很多参观的人。整个地区新修了好多五六层的楼房，甚至更高，街道增宽，热闹了不少，有好多小卖部、衣服店和新式发廊，空气中飘浮着港台歌星软绵绵的歌声。下水道未完善，不时可见脏水和垃圾，墙要么黑乎乎，要么涂了新漆，到处都是改革开放的标语。

我东瞅瞅西看看，随意乱走，算是对这个地方有所了解。马路边上小贩摆了新鲜的菜在售，几辆摩托车停在一个收费处。我歇了一会儿气，接着走，经过几家小服装店，发现街角拐弯处一家小铁匠铺，最多十平方米，墙上全是锅和锄头刀具，对着门的墙挂了一个木牌，上面写着"补锅配钥匙"几个有力的毛笔字。一个男人系着围裙坐在一个矮木凳上，戴了一副黑框老花眼镜，脸上多了一些皱纹，两鬓全白，埋头于配一把老式铜钥匙。

我认得他，是董江，唐庆芳的丈夫，二姨的情人。

屋子里很暗，地是三合土。我小心地侧身站在门前，以免挡着光线。

空气中一片嘈杂声，有很多来自汽车的噪声，也有人走入店，看看后走出。仅仅过了一分钟，董江从凳子边盒子里取了尺子，量了量钥匙，这才抬起头来，看我。他的样子有点木讷，但没有惊奇。可能我走进小店时，他就知道是我。

"董叔叔。"我轻声叫。

他点点头,未等我开口,便从木箱取出一支圆珠笔,拆开一个用完的山城牌香烟盒,在空白的地方写着一排字,然后将纸递给我。

我接过来一看,是一个地址和电话。

我谢了他。

他没吭声,埋头继续做手上的活,用锉刀锉一把钥匙顶端的齿纹。

我看着他半晌,折好字条,放入裤袋。

离开董江的小店后,我爬石梯下石阶,幸亏穿着软底皮鞋,脚不累。我站在一棵老黄葛树下,看山下磁器口古庙,香火很旺,好多人在里面,有些人跪在香炉前烧香。僧侣突然撞响了钟,我心头有种兴奋的感觉。

可不,一抬头,看到二姨径直朝我走下来。她穿了泥巴色长裤,白底绿小花衬衣,齐耳短发,差不多半白了。她跟我母亲似乎只沾点儿丝丝血缘,但模样真的有些相似。天空驶过七八架小飞机,很响,飞得很低,看来这儿离机场不远。

二姨朝我一笑,然后看着天空,说:"这段时间它们就跟蝗虫一样,不知为啥。"她握着我的手,"我最近老是头晕,我要是哪天走了,就见不到你这闺女了。"

"二姨,你看起来身体很好,不要乱想。是不是有人告诉你我来山上了?"

"没人跟我说。今天我的左眼跳。左眼跳财,是好事。"二姨有点喘气,"好事,就是有珍贵的客人来。除了你和你妈,谁会来这无聊的歌乐山?"她侧过身问我,"你妈妈好吗?"

"妈妈身体还好，快退休了。妈妈以前总说，抗战那阵子，头上日本飞机像欠死的蝗虫。"

"哦，她也这么说。"

"她说小日本炸死好多人，一听到警报叫，大家拼命钻防空洞！"

"1945年，过了好久了！"二姨感慨道，"好像是昨天！"

"二姨，当年你和我妈妈在重庆认识，还是在乡下认识的？"我问，"一认识就是结拜姐妹，对吧？"

"我俩要是追到祖上的祖上一辈，还是远亲呢！"二姨说完，叹了一口气，补了一句，"我们在重庆城才认识。"

"跟我讲讲。"

她像没听到我的话，看着前方，然后说："我们像难兄难弟！"

我有种感觉，二姨嘴巴很严。我想弄明白的事，可没那么容易问个水落石出。

飞机声突然消失殆尽。我的肚子咕咕叫起来，我出门前没吃饭，排队乘公车转了好几趟车，此刻肚子真有些饿了。

"孩子，我知道你为啥来，不过要是你妈都不讲，我也没啥可说的。你不要问了。老一辈的事，陈年的谷子，煮饭都不香了。"二姨不笨，她握紧我的手，说，"你肯定饿坏了，那边上有家幺姑豆花馆，味道很好，我带你去尝尝。"

我来歌乐山的目的被二姨看穿，被她一口拒绝，我有点尴尬，没有再说话，只是紧跟二姨的步子。没一会儿，我俩走到一坡石梯的小街拐角处，看到了幺姑豆花小馆子。说是小馆子，其实是两幢房子相连下的过道，几张桌子，靠路边还撑了把大阴丹布伞，打了好几个补丁，虽被太阳晒得灰灰的，倒也很干净。

小小空间，桌前凳子都坐了人，老板娘是一个烫波浪头的中年女人，一身花连衣裙显得她更肥硕。她看到我们在张望位子，大着嗓门说："唐姐姐好，有位子，今天还是原样的？"

"大碗豆花。"二姨说。

老板娘从墙边拖来一个折叠桌子，迅速打开，在伞下支起，又搬来两张木凳，给我们一人倒上一杯老鹰茶。

一个小伙子端着大碗装的豆花来了，香气扑鼻而来。老板娘又端来一碟萝卜泡菜，放上筷子、勺、两张折叠好的纸巾，很是周到。米饭是甑子饭，硬硬的，一粒粒，很诱人。

二姨和我相对而坐，她指着墙上的黑板上写的辣椒凉拌猪肚和虎皮辣椒拌皮蛋。那老板娘马上端来，同时放上两碟辣椒蘸水。

豆花很筋道，嫩香，蘸水麻辣十足，撒了一层切得细细的野山葱，我吃完一碗饭，又要了一碗。

二姨很开心地看着我，问："上班顺心不？单位食堂啷个样？羡慕你有能力坐办公室当会计。"

"我成天瞎忙，要不，早就上山看你来了。"

"心里有二姨就行了。这家的豆花是不是好吃？"

"真的很好吃。二姨，谢谢你带我来——"我想问她和母亲旧时的那段时光，但话到嘴边，还是吞回了。

"你妈跟我一年会见一面，有时两面。我们都希望你高兴一些。你的男朋友对你好吧？总可以多告诉二姨一点他的事情吧？"

二姨对我的个人问题很关心。我在心里琢磨怎么讲我和常彦，以前因为玉子与我出事，她来过学校。已经淡掉的时光突然逼近，我没说话，低头看远处。

"那天在你们学校，我看了那孩子一眼，就知道他人不错的。"

"他叫常彦，真的对我很好，没有他，我可能都没命了。"

"但你对他不是报答。我看得出来，你对他很在意。"

"那时真的在意。"

"现在呢？我以为他会和你一起来山上。"

我说："人跟人得有缘才行。"

二姨没有反驳我，反而说："是呀，命也真奇怪，什么样的人与你一生联结，这点真由不得自己做主。"

1945年 重庆

唐素惠从忠县石宝寨乡下来重庆已有一年，之前在偏远的江津一所小学里做杂务，偶尔也教低年级的课，做了两年，后来偶遇一个家乡妹儿，两人便结伴到重庆城里。阴差阳错，她在剧场打杂，后遇冰老师，开始为他忙碌。冰老师瘦瘦高高的，戴着细边黑框眼镜，气质儒雅沉静，三十四岁，在大学讲戏剧，经常受到女学生的追捧，空余时间为戏团忙碌。他虽然没有沪上戏剧大师曹先生的影响力，但写出的脚本扎实幽默，深受本土剧场偏爱。抗战时重庆作为陪都，有二十多个大小剧场，曾经有过同一天晚上三家剧场演冰老师不同戏的情形，他的戏《山城人家》还挤进过抗建堂和国秦大戏院。

冰老师生性不爱出风头，为人低调，也不喜交际，这天却破天荒地带唐素惠去二老板的公馆见凤小姐。那天傍晚，枇杷山满天火烧云，他们沿着神仙洞街步行，往上的路，爬了一坡又一坡，拐入敲开一幢隐在高墙绿树丛中的别墅大门。

稍等了一会儿,细碎的脚步声由远而近,门嘎吱一声开了,迷人的凤小姐站在里面,穿了一身绿丝绸旗袍,头发盘在脑后,眼光流动,天生一副银幕大明星气质。

唐素惠看傻了,女人尚如此,男人没有不被其迷住的。冰老师看着凤小姐,没点头,也没伸出手,她也没寒暄,两个人看着对方,没有说话。稍后凤小姐领着客人穿过修剪整齐的花园往一幢两层楼的洋房里走。冰老师在重庆城名气不小,二老板邀请他没什么稀奇,凤小姐认识他更没有什么稀奇。凤小姐说,抱歉,二老板不在。走廊里挂有一幅带金框的黑白照片,二老板站在中间,穿着中山服,和一帮演员合影,其中就有凤小姐。二老板看上去四十多岁,中等身材,有些秃顶,面貌还算顺眼周正,神情倒是一团和气。

冰老师一向冷面孔,与凤小姐聊天时声音里添加了热气,似乎有意奉承对方,说到她在大上海演的一场戏,站在舞台上的背影突然转身,朝前看的眼睛脉脉含情,盈满泪,整张脸却沉静冷酷,一下子吸引了舞台下的观众。

凤小姐开心地听着,抬起她那美丽的天鹅颈来,不时毫不顾忌地露齿大笑,她的眼光对他充满崇拜。

这大概是冰老师想要的效果。凤小姐突然话锋一转,问:"你为什么没结婚?"

"一个人自由惯了。"冰老师淡淡地说。

"老家有妻子吧?"凤小姐继续追问。

冰老师摇摇头。

"为什么呢?"

"还是说说你的戏吧!"冰老师举起酒杯,与凤小姐碰杯。

出于礼节，唐素惠喝了两口酒，她移开目光，四处打量，看到花园小道上站立着一个穿着灰长衫布鞋的高个男子。那男子居然朝她点头。那目光不是客气，而是特别打招呼的样子。

唐素惠很诧异，因为她不认识他。凤小姐的厨娘提着一个箱笼经过那男子，并问了男人一句话，男人点头。两人低声地说着什么，然后厨娘灵巧的身影朝屋里走来，经过房门，顺手拉上。

厨娘朝她礼貌地点头问好，她的眉眼生得好清秀，嘴角带着笑意。

饭桌上，冰老师与凤小姐并不像第一次见面的人，聊得很是投机，谈时局谈凤小姐演过的电影和戏，几乎没冷场的时刻。唐素惠坐在那儿像是一个电灯泡，弄不清冰老师为何要带她来这儿做客，估计他以为二老板在，有她在，场面活络些。她耳朵好，记性好，听凤小姐讲的事，好有趣：几个月前，凤小姐在香港遇到麻烦，不仅人，还有几个箱子的细软及珠宝被人劫了，当时竟托人找到二老板这条线上。二老板即刻指派人接她和行李回上海。二老板看过凤小姐的电影，因为她演技好，容颜倾城倾国，早已对之痴迷到疯狂的程度，于是邀请凤小姐与男友费志到重庆来。他们坐船从上海来。董江是凤小姐经人介绍的司机，面试时给人印象不错，人老实而机灵，母亲是重庆人，从小会说重庆话，也会些拳脚，凤小姐便雇用他，一同前往重庆。说到这儿时，那个灰衫布鞋的高个男子走进来，他手里拿着一瓶法国红葡萄酒。凤小姐的目光落在他身上，便给冰老师介绍，说他就是董江。

董江有礼貌地点了下头，启开酒，往杯里添酒后，退了出去。

凤小姐接着聊；当时他们一行三人，坐船抵达重庆朝天门，二老板安排他们住在枇杷山这幢洋房子。没多久，男友费志说要处理香港的生意，想离开重庆。她不想他走，他却执意要走。

凤小姐不断地给冰老师搛菜，频频举杯，与他喝酒。

唐素惠读过小报上关于凤小姐的桃色新闻，有的说二老板与她有私情，有的说她的男友在香港有情人。

不管传闻真假，待在山城的凤小姐闷闷不乐，她不想与人往来，也不想交际，甚至婉拒了一个电影。倒是二老板劝她多出门，要接触人，交朋友，于是，她这才有了家宴，冰老师是她的第一个客人。

一顿饭吃完，天色黑尽，别墅院墙外传来一个小贩的叫卖声："炒米糖开水！猪油红糖哟！"男人的嗓门是高音，仿佛山城每条街都听得见。

冰老师站起来，彬彬有礼地告辞。

凤小姐送他们走到门口，道别时，她提议冰老师写一出时尚爱情剧。她说市面上热演的戏是《家》和《北京人》，还有她之前主演的《风雪夜归人》，但自从到重庆后，发现川剧爱情折子戏的魅力，喜欢上了，她希望自己有一天能演这种清新扑面的戏。

"爱情折子戏，摩登的？"冰老师意味深长地说。

凤小姐点点头。

"凤小姐，你真的这么想？"

"我是认真的，请冰老师考虑一下，就算是我定制的戏，如何？"

"谢谢你！凤小姐，容我想想，再回你的话。"

平时几乎不喝酒，到重庆城，看的书多了，酒也开始喝了，难道自己是重庆城里人了？笑话！唐素惠在心里嘀咕，她的脸发烫，夜风缓缓吹来，走着走着，心情变得开朗，这座山城，似乎第一次向她展现独特的美：歪歪扭扭的街，山坡上层层叠叠的房子，星星点缀，月亮从云里探身而出，连那山下的嘉陵江水也泛着光滟。

冰老师一路上都沉默，今晚他的酒喝得不少，但气色没什么变化，脚步跨得大。唐素惠得速度快一些才可跟上。冰老师的住处离二老板的别墅隔得不是太远，步行半个多小时，下山的路似乎比上山容易一点。两个人心不在焉，走错了巷子，绕了路，走了好一阵才到家。虽然同在枇杷山一带，冰老师的房子属于另一个阶级，在山脚巷子里头，与邻居的房子隔了几十米，小房子砖木结构，依着坡建，有些年头了，显得破旧，窗框失修，绿漆几乎褪尽，里墙因为潮湿，墙皮剥落，租金自然不贵。房子有两层，楼梯通向他的房间；楼下两间，一间厨房，放桌椅和柜子，另一小间唐素惠住。

不过这儿被唐素惠收拾得干净，桌上玻璃瓶插着小菊花，有一股淡淡的香味。她把关严的窗敞开，房外是老黄葛树和竹子，新鲜的空气涌入，屋子里的霉气散发掉。冰老师朝楼上自己的房间走去，突然停在楼梯上，对唐素惠说："凤小姐是演技派，传闻太多，今天一顿饭下来，我没有这感觉，人哪，百闻不如一见！"

"她是演员，万一她演得好呢？"

冰老师大笑起来。

"你笑啥子？"

"她演得好，也是好事。她今天对我不像演戏，充满真诚，有点像一个男人对一个男人的感觉。这让我对她充满好奇。"冰老师想了想，又说，"我一个好朋友说她是梦露的路子，水性杨花，风流成性，真是人说人，说死人！"

唐素惠想说，可能你就是喜欢被人勾搭，今天凤小姐就用一种亲切相处的方式，让他对自己有好感，这就是凤小姐勾人的路子。但她没有说话。

"你眼睛睁得大大的,但是并不想反对我的观点?"

唐素惠点了点头。

"其实写爱情戏,能应时就很符合我们这个时代的脉搏,固然好,但这不是重点。关键是这戏是凤小姐主演。"

"你们以前认识?"唐素惠仰起脸好奇地看着冰老师。

冰老师点点头,又摇摇头,上了几步楼梯,补充一句:"谁不认识她呢?一代明星,有貌有才,还有背景!"

隔了好一会儿,他说:"今天晚上你鬼鬼祟祟的。"

她回答:"怎么会?"

"我听到你跟凤小姐的厨娘说话。"

"在过道?"唐素惠没想起冰老师注意到,吃饭期间,她上洗手间,遇到端菜的厨娘,便问洗手间在哪里,厨娘告诉了位置。那厨娘样儿乖巧,一派能干劲。她问冰老师:"你哪个注意到?"

"我觉得她的样子不像厨娘,"冰老师补充一句,"她的眼睛好亮,好好看。"

"她叫唐玉英。我发现她说忠县口音,一问,果然是那儿的人,居然是老乡,是石宝寨的人。"

"有点奇了。"冰老师继续上楼梯。

"不可思议。"唐素惠说完,想起,难怪那个董江看自己的眼光是熟悉的,这下子有点眉目了。他也跟那个石宝寨有关,这么一想,她的思绪马上回到凤小姐的别墅,那儿的一切太不真实了,仿佛是人为设计的一切。唐玉英居然是石宝寨一带的人,比唐素惠早好多年跑出来在重庆城里混,混到枇杷山上花园别墅里,哪怕是厨娘,也算人尖尖,讲给忠县的人听,没一个人会相信,而且她跟自己一见如故,投缘得很。

169

窗外一轮月亮升起，好些银色的光洒进屋来。

后半夜，起风了，屋外树和旧旧的窗子响个不停。清晨天亮后，风停了。唐素惠穿衣，简洁梳洗后，提着竹篮去街上买菜。出门前，冰老师手里握着一把黑雨伞，说是要去剧场，要跟凤小姐说，他同意给她写戏。

几天后，二老板到别墅来，得知凤小姐的提议，说太好了，凤小姐演她想演的戏，凤小姐开心，他开心。凤小姐让董江带来几块大洋，算是订金，同时带来一个箱笼，那是唐玉英给唐素惠准备的一道咸菜辣椒，好红的辣椒，切成一丝丝，加了蒜片，又放了南山三块石生长的野蘑菇。她用手掂来尝，辣椒辣到每根神经，咸菜洋溢着辣椒新鲜的甜味，又有野蘑菇的鲜美，是用心做的一道菜，她很感动。

冰老师拟定的剧名是《不死鸟：美丽的秋江》。

故事围绕一名爱国抗日的大学生陈玉云展开，她年轻美丽，热情上进，发传单、组织示威活动，因为躲避日军的抓捕，阴差阳错，跑进霞飞路一座修道院里，成为一名修女。有一天，一个小剧团在街上一块空地路演，正巧在她藏身的小房间窗下。小剧团演莎翁的《罗密欧与朱丽叶》，她喜欢上罗密欧的扮演者张君，一个热血爱国青年。陈玉云在他想不起来台词时，给他递词，他发现窗子里隐藏的陈玉云，两人一见钟情。陈玉云想离开修道院，跟张君参加小剧团，殊不知修道院的管事嬷嬷认为张君并不是真心的，要她提防。张君所在剧团的一个女人报告日本宪兵来抓陈玉云。于是张君与陈玉云从修道院的暗道离开。

日本宪兵抓不到人，无法加罪修道院。最后，两个相爱的人一起乘船离开上海，投奔延安。

还有一个结局是两人离开上海,去了重庆。

还有一个结局是男的负了女的;还有一个结局是女的不爱男的了,爱上另一个男人。

冰老师不时就这几种结局问唐素惠的看法,她说相爱的人,千万不要拆开呀,不然看戏的人会失望。

他皱眉头说:"该让你去学堂多读点书,你在我这儿,大材小用了。"

"我喜欢在这儿,学了好多学堂学不到的东西。"唐素惠说。

冰老师不以为意,从鼻子里"哼"了一声。他撕下写废的一页,揉成纸团,扔掉。他的椅边已有好多纸团。

唐素惠收拾房子,将纸团撕了装进篓里。她问他:"冰老师,有的结局,你担心二老板不同意或是凤小姐不喜欢?"

"都有。"冰老师说。

"那冰老师你得听自己的。"

冰老师听了,深深地看了她一眼。就这几周,冰老师好像待她比以前更近一些,跟她说些心里话。他与她的关系像山城的雾,弥漫着说不清理还乱的情丝。这幢小房子几乎没有学生或是剧团的人来,恐怕他是一个很孤僻的人,内心不喜欢热闹。

唐素惠端着篓子,到厨房生火,准备给他下一碗小面。巷子那边有人生了孩子,竟然请人吹起喜庆的唢呐,很响,很刺耳,并很有排场地放着爆竹,有时稀稀落落,像枪声,伴有笑声和脚步声。好在这几天下过雷阵雨,阵阵微风吹来,气温不冷不热,恰恰好。

重庆的雾期从11月开始,到第二年5月结束,山坡高杆上又开始悬挂红球,警示头顶天空有日本飞机将来袭击,大家看见了,便争先恐后地躲进防空洞,那回响在城市大小街道的警报声,怕是世界上最恐怖的声音了。

自从去年大汉奸汪精卫死掉,即使葬在伟大的孙中山墓之侧,大街小巷还是在说他聪明反被聪明误,投在日本人脚下,蠢透了,娶个恶鸡婆堂客,啥事管严;他死是因为被人暗杀受伤,跑去日本救治,尝试了种种治疗方案,失败了;也有人说他被日本人下了毒没命的。反正从那之后,是人都知道小日本在中国长不了。小道消息是专挑有头有脸的人做开心果,二老板和凤小姐这对男女自然被列为重点谈论对象,关于他们的种种事情,把这座山城旮旮旯旯塞得满满的:二老板是拍蒋委员长的马屁,才成为军统头头的;二老板抱美国人大腿,成为他们最看重的人,正加紧扶植,权力如日中天;中统军统会合二为一,但蒋委员长对谁都不真正信任,这只是他用来打压反对势力的牌。凤小姐是风流娘们儿,是图男人的权势。很奇怪,每隔一段时间就会流出二老板的漫画,却没有蒋委员长的。小报说,二老板得罪的人太多,他性欲太强,需求大,在大上海有了新欢。心心咖啡馆的孔家二小姐一身男装去了,还带走了惹她生气的警察局局长。而那龟孙子局长走狗屎运,不仅没倒霉,反而升职了。

重庆是临时陪都,上海滩那套做派讲究早几年也一并被搬到山城了,闹市街上挂着手杖戴帽穿西服的绅士比比皆是;女子更是洋派,高跟皮鞋、云鬓峨峨、修眉联娟,旗袍款款,腰肢婀娜;连小馆子抄手也按上海人喜欢的口味,放干虾皮和紫菜了。在城中心地带心心咖啡馆所在的大马路上,时常可瞧见明星的身影,那也是小报记者出没的地方。日本飞机来时,警报会响,人们从餐馆、戏园子、舞厅跑出,鸟状散开;解除警报后,人们又回到原处,一切照常,灰灰的云朵间隙,偶尔也显出一抹抹幽蓝,如两江江水。

唐素惠从一坡石梯高处往下走，她的旗袍很朴素，绵绸枣红色暗花，脚上一双软皮低跟黑皮鞋。这座城市，一直以陌生的面孔对待她。她说不上喜欢，也说不上不喜欢，但自上次见过凤小姐，认识了唐玉英和董江后，她的心境变了，感觉在这座城市有人关心自己，她有了一种不再作为旁人的感觉。

冰老师让她去心心咖啡馆等一个远房亲戚，有东西转交。虽是办事，她还是把头发梳了梳，别了个白夹子，因为走得快，脸颊嘴唇泛红，眼睛湿湿的，整个人充满光彩。

冰老师给了叫滑竿的钱，她把钱放回桌子，说不必了，她早些时辰出门就没问题。

从神仙洞街那儿往临江路走，几乎都是下坡路，其实重庆城中心半岛，叫花花大世界不为过，边看稀奇边走路，比乡下的山路有趣得多，感觉上也并不累。

经过通远门，唐素惠穿过一些小巷子，耐心地走着，远远看到了国泰大戏院的房子。这时有一队军人正威风凛凛地骑马经过，朝中心地精神堡垒那边走，使这个下午增添了特别的气氛。在微微有些斜坡的大路上，疾奔着的人力车见到军人，有的赶紧减缓速度，有的立即停下，有的马上跑到边上，给他们让道。比起别的大街，会仙桥的行人多，穿衣也较讲究。都说重庆人只管性子顺不顺，不管衣着贴不贴。错，重庆人出门也有上海人那一套臭摆设，会拿出自己最亮丽的衣服来，男人或西装或长衫，女人个个衣冠楚楚。

一个腰板挺直的艳丽女人迎面走来，看上去最多三十岁，微微烫了头发，穿着黑丝绸旗袍，披了真皮毛领，目不斜视。

唐素惠觉得这女人好面熟，不会是另一种装束的凤小姐吧？唐素惠想打招呼，又不知说什么。那女人走近了，嘴唇涂得太红，眉眼间流动顾盼，像凤小姐，却少了她的高贵和雅致。

那女人走过了，唐素惠才回过神，迈步时差点扭脚，幸亏没穿高跟鞋。她继续朝前走，朝左拐，前面是照相馆和钟表店，这儿更热闹，街上好多人。

天色有点偏暗了，但愿今天一切顺利。

当唐素惠站在心心咖啡馆两扇彩色压花玻璃的弹簧大门前时，她突然有些不安，不知是进或是退，大门上是两个红心相连，有一排英文。

她的心跳甚至急促起来，索性闭了一下眼，短暂停顿，自我安慰，不要怕！她睁开眼，背着阳光走入，感觉里面人的眼光扫在她的身上。她与里面的女客穿着不一样，女客们衣服亮丽，戴着各式手工帽子，贵气十足；而她淳朴，像岩石缝里长出的野菊。一个年轻的侍者引她坐在一个小桌子前。这儿布置雅致，长条靠背椅，矮屏风把雅座隔成一个个包厢。头回来这个全城最时新的地方，她的手心是汗，掏出手绢擦额上沁出的汗，因为除了面前站着的侍者，没人看她。她说："一份咖啡。"

侍者没为难她，问她要什么样的咖啡，一会儿就给她端来一杯咖啡和一碟点心。

咖啡冒着热气，她移了移杯子，闻着咖啡特有的香气，深深地用鼻子吸了一口，眼睛四下扫了一下，除了台上有四人在演奏爵士乐外，没有冰老师所说的男人——一个穿咖啡色灯芯绒西服外套、戴礼帽的中年男子。她慢慢转过脸，看门口，除了几个人踩着大头皮鞋走出大门，两位摩登姑娘手挽手进来，笑盈盈地在左边一个角落的包厢坐下，看台上还有一个乐队正在演奏爵士音乐。

太阳光被低压下来的乌云遮挡，她端起咖啡杯，轻轻喝。太苦,她加了一勺糖,搅拌后,好喝多了。她的手心还是出汗,于是搁下杯子,站起来,掏出钱,放在桌上,毅然往咖啡馆外走。

她神情严肃,步履匆匆。为何冰老师要她去心心咖啡馆?她问他。

他说,要好好培养她,让她多见世面。

那晚凤小姐看他的眼光完全是老相识,两个人说到二老板时,声音那么低,不让人听到。冰老师和凤小姐的关系显得不太正常,这个念头一直在她脑海飘来荡去,他们有阴谋,或是在酝酿阴谋。

就在这时,走在大马路牙坎上的唐素惠与一个拿着绳子和扁担的棒棒几乎对撞,把她乱糟糟的思绪打断。她险些跌倒,站稳后,发现街上有一男一女急急地走着。他们的脸有些熟,难道是唐玉英和董江?

她加快脚步,追过去。

他们却像两道影子闪过街角,不见了。

她停下来,往回走,觉得不可能,怎么会这么巧?心想之,便以为之,她笑自己。没错,自己喜欢他们,在这个举目无亲的城市,她把他们当作亲人。她继续朝前走,步伐加快,额头沁出汗珠,她掏出手绢擦,发现自己来到了国泰大戏院。天光未暗,门上五字招牌亮起霓虹灯,周璇的大海报上印有"凤凰于飞"。凤小姐的脸经常在这个位置上,凤小姐的眼睛像个受伤的动物,低低地看过来,她那么美丽,就算她做坏事,唐素惠心里也是可以原谅她的。

顺着马路朝前走了五十来米,唐素惠感觉后背有人盯着。她猛地掉头,但身后没有什么不对劲的人。街上的人没有闪躲的,路边

175

有一个麻辣凉粉摊,一家老小围在摊前,看上去都正常。

唐素惠蹲下,装作抖皮鞋里的灰,起身朝前走。

她有种感觉,她要见的那个男人可能有事发生,才使他赶不来。不一会儿,一辆黄包车驶过她面前,上面坐着一个戴着鸭舌帽的中年男人。

她停了脚步,注视那人。

那人戴着一顶礼帽,遮挡着五官。

她抹去额前的几丝头发。隔着一段距离,哪怕那人近了,还是看不清,只感到眼睛亮闪了一下。冰老师交代的事没完成,回去怎么交代?她并不轻松。一开始是崇拜他,后来为他照料家务,都是自愿的。他有这本事,不用洗脑,就可以让她为他做一切。到今天她也琢磨不透他。这个人跟她时近时远,她从他身上学到好多东西。她跟自己说,人牵着不走,鬼引着走得尚好。她决定抄小路走回七星缸,这时身后响起阵阵车轮子的转动声。

不等她转身去,一辆黄包车在她面前停了,车夫身子朝后仰。

没错,是刚才那辆黄包车。在她思索的一刹那,一个东西抛来,准确地飞向她怀里。

她双手一伸,接着了,一看,是个布包。

那辆黄包车马上驶走。车上坐着一个戴礼帽的男人,穿咖啡色灯芯绒西服外套。冰老师要她见的人,就是穿这衣服!她想喊他,可那车子驶远了,很快变成一个黑点。再瞅,一辆拉粪车进入视线。

没准那人之前就在心心咖啡馆,只是自己看不到他,或他不想让她看到。

唐素惠回到家，关上门，松了口气，整张脸苍白，嘴唇发干。

冰老师听到动静，马上下楼梯，走到她面前。她把怀里的布包交过去。他马上问："你看了？"

唐素惠摇头。

冰老师看着她，她也看着他。

他转过身，竟然在吃饭桌上打开布包，里面包着一大沓《迷惘》油印小报纸，每份小小的，只有三页，内容有日军国军情况，有中国向何处去，有国共合作的误区。报纸上还摘了好多香港、国外报纸的消息文章。冰老师仔细看了，拿着报纸走上楼梯。

唐素惠听说过这赤色报纸大都贴在大街上或流动于工厂和大学校园。二老板手下有个班子专盯着报纸和相关的事。冰老师什么人都认识，之前未见到他跟着报纸有关联，莫非乱世之中他也脚踩几只船？不管他的事。那个该在心心咖啡馆见面的男人，就是要把这充满危险的油印小报交给她。万一被人发现，就是掉脑袋和坐牢的事。不过这男人有经验，知道如何安全地交给她。

头一回做这事，她是蒙的。冰老师为何要让她做这事？是临时没有别的人了还是考验她，并吸收她成为他们的人？她想不清楚。但有一点她明白，就是他对她非常信任，连这种事也交给她。

从他交代她要去心心咖啡馆，她的心就怦怦直跳，这事特殊而危险，这反而令她兴奋。

从茶壶里倒了一杯水，她一口气喝完。窗外远处电线杆上一排麻雀忽然腾空而起，叫嚷着，朝屋顶方向飞。她看着它们，心里莫名伤心迷惘，为什么要离开忠县到重庆城来？大城市就在脚底，那原有的梦就少了，前景是什么？

雨说下便下起来，声响也渐渐变大。唐素惠伸手去把屋子里的玻璃窗拉过来，用一个铁钩固定，让外面的微风流入。人说，下雨时空气格外新鲜，含有一种矿物质，增加了负离子，对人的身体有利无害。

唐玉英这刻在做什么？唐素惠很想和她说几句话。这个想法冒出来，唐素惠的嘴角露出一丝笑容，唐玉英比她小，奇怪，跟她亲，想到这她心里便充满温暖。

唐素惠走到厨房，看到箱笼，打开，是一个空玻璃瓶子。这是董江带来的，瓶子里装着唐玉英做的咸菜辣椒野菇，她和冰老师还吃剩一点。她把它们放在一个小碟里，决定给唐玉英做一道菜，也放辣椒。她选了那种青红大辣椒，用肉丝混合橘皮，放点绿豆粉，加一个鸡蛋清，使肉丝嫩爽，放少许盐和花椒粉，装入辣椒中。大火，倒少许菜籽油，放入锅中，盖上锅盖，三分钟足够。最后撒上小香葱。

做完这个菜，看窗外天色阴沉沉的，唐素惠犹豫了一下，还是带上雨伞，提着箱笼出了门。爬坡到那个树荫中的花园大别墅，再返回，大约一个时辰。今天唐玉英与唐素惠面对面喝了几分钟的茶。分开时唐玉英让她从后门走，说董江该接凤小姐回来了。

后门与院墙同色，隐在密密的迎春花丛中，花朵早凋谢了，枝条茂密到很难发现它的存在。她走出来，手里还是提着箱笼，装着唐玉英给她做的虾仁，擂绿辣椒，混合蒜片。绿辣椒用松木炭烤，淡淡的松木香味，混合着辣椒的辣味。她在边上看着唐玉英做，口水卡在喉咙里。山城只有河里鱼虾，购海鲜要到特殊的店，还要预订，这些新鲜的大虾仁是二老板让人空运给凤小姐的。凤小姐一踏上重庆，就特爱吃辣椒，带动本是江浙口味的二老板也开始吃辣椒。凤小姐吃到高兴处，便说："吃辣椒好！当世界变成辣椒，日本人就滚出中国了。"

唐玉英走在门口,倚着门,看着唐素惠叮嘱:"这些虾得赶紧吃,我怕坏了!我们晓得今天是啥子日子,明天呢,会发生啥子,由不得你我这样的人做主。"

唐素惠没说什么,只是握了握对方的手,依依不舍地松开。她懂对方为什么这么说。就是那天在唐玉英的房间里,她俩对天地发誓结成姐妹,唐素惠与唐玉英同年生,唐素惠大八个月,为姐。

1983年 重庆

　　我和二姨坐在幺姑豆花小馆子的小桌子前吃饭，正对着的地方是小街的墙，从石块缝里钻出好几株滴水观音，青幽幽的，有只黑猫躺在那叶子下睡着了，有微风吹来，哪怕周边有吃饭的人，一切也显得很清静。小时我一个人在江边沙滩，坐在那儿看江上的船，也清静，很孤独。有一次看着船，我就睡着了，江水涨了，淹及我双腿，打个激灵醒了。我看着二姨，她吃得很少，心事重重。母亲与二姨，在我心中，都是我爱的人，她们彼此感情好，彼此没说过重话，想必她们之间的秘密，不是外人能知的。

　　如果我用另一种方式去问，二姨会说吗？

　　天空滚过隆隆的雷声，爆炸一样炸裂，不过只是打雷，并没有雨点落下来。二姨看着照睡不醒的黑猫，她放下筷子。看到我吃完，她问："再添点饭和豆花？"

　　我摇了摇头。

二姨站起来,到柜台付钱。

老板说:"十九元。"

我站起来,马上掏钱。二姨一把拦着我,掏出二十元,对方找了她两张五角。

出了小馆子,我低头走着。二姨小心地用胳膊碰了碰我,笑了起来:"这么不开心,不是因为我付了饭钱?"

我点了点头。

"你有心事,是不是跟你男朋友吹了?"

我叹了一口气。

"跟二姨说说,你有新的男朋友,他有了新的女朋友?"

"都不是。我也不知道跟他是哪个回事,我感觉有些东西不一样了。我想找一个真正懂我的人,我心里乱乱的。二姨,女人是不是非要男人,才能活?"

二姨没想到我这么说,怔了一下,她看着前方,眼睛里什么内容也没有。

我与男朋友的感情很稳定。他上进好学,心地善良,二姨知道他原是我同班的班长。可是相处久了,我们完全没有激情,甚至不见也没关系。这些日子他去外地进修,我与他属于分开状态,很怪,虽然有信,偶尔有电话,但我却感到有些生分,甚至陌生。他在我心中渐渐淡掉,可能我们彼此都是这么想的,大家不说穿,就自然过渡成了一般朋友。有异性追求我,但我更喜欢女性,遇到一两个,在一起轻松,不像男女关系那样占有,但我不是一个双性恋,我不想往下发展。下班后,回到自己的住所,面对自己孤独的身影,除了文学,我似乎很难找到一个人可以交心,相互慰藉。我很焦虑,自己总被旧事浸染,脑子不由自主地返回,本是青春年华,然而我感觉自己在快速老去。

我与二姨走着，聊着，最后停在一条窄窄的水泥街上。这儿有七八幢灰砖平房，每幢有三间房，跟二姨在钢厂的红砖宿舍有些像，每户门前都有几级台阶，通往门前的小空地。二姨的住处在小街最里面一幢最里面一间。

打开门，二姨把我的背包取下，挂在门后挂钩上。窗台有些宽，晒着好些红辣椒。二姨说这是她租来的房子，虽是巷子里端，厨房与人共用，但那人吃食堂，厨房其实就她一个人用。厕所和洗澡间是自搭的。房间虽是一间，却有三十平方米，她用一个红漆变暗的衣柜横在中间，隔成两部分，外面放桌子和凳子，里面是一张双人床，窗帘关着。

我走过去，伸手拉开窗帘。窗子不大，镶有十来根细细的铁柱。从这儿，可以在好多低层的黑旧房子中望到精神病医院的一幢六七层的白楼。

二姨走到我身后站着。

我的目光扫到那幢白楼，问："是不是唐庆芳关在里面？"

二姨把手放在我的肩上，拍了拍，没说话。

"二姨，你和董江叔叔是为了这个女人，搬到这里？"

"这儿在山上，空气好。"

"我不是小孩子了，这肯定不是你们搬家的原因。"

二姨转身，眼睛盯在床上，蹲下，把床下一双女式拖鞋拿出来，放整齐。

我跟过去，继续问："这太怪了！你不恨那个唐庆芳，反而要帮她？"

"你想说啥子？"

"我不明白你们的所作所为，我想弄懂。"我盯着二姨的脸，"二姨，你不愿说，也没关系。那跟我讲讲，最先你和我妈妈是啷个认识的？我在家里看到妈妈压箱底的照片，你们几个在很年轻时就认识，照片上是你们，个个像电影里的人，不可思议！你可以不承认，但是无论你们怎么变，我都认得出来。"

二姨没有惊异，连眼睛都没眨一下："我今天一开始就跟你说了，陈年的谷子，煮饭都不香了。"

"你不想告诉我？为啥子？"我拉着她的手。

"我要去一下医院。"二姨松开我的手，说，"你不要着急走，在山上多待待，换换空气，起码明天再走，住在我这儿。"

她的提议出乎我的意料之外。对呀，多住一天不是坏事，没准可以撬开她紧闭的嘴。

二姨走到外面，从厨房里取了一个装着咸菜的玻璃瓶子，装到一个麻布包里，对我点了下头，便出门。我目送她的背影，然后关上门。我从开水瓶里给自己倒了一杯水，坐在桌前。

屋子里空空的，收拾得很干净，桌子上有个竹器编的旧箱篓，里面有咸菜和包子。一个瓦罐插着一把雨伞，门后挂着一顶旧旧的草帽。墙上空空的，一张年画也没有，只有两条红黄色塑料线编织的金鱼，挂在窗台的一颗钉子上，那儿放了刷子，窗台下有一双雨靴。

我把水通通喝完，放在桌上，感受到二姨每天一个人在这儿吃饭喝水，在这儿扫地，在这儿擦桌椅。她的脸上有泪痕。她并不是我看见的那样子，她失去了心爱的儿子叶子，时间每天都在侵袭她，使她内心充满苦汁，灌满了冰凉的风；她看着前方，眼睛里什么也没有。那一个个片段，蛀虫一样咬着我的皮肤，吸干我的思想。那么董江叔叔，没有和她住在一起？好奇心让我走到里面，我环视一周，但床上床底没有男人的东西，难道董江另有住处？

我打开衣柜，里面全是女人的衣服：叠得整齐的上衣、夹裤、军大衣，衣架挂着一件毛衣，最下面一格有一双黑皮鞋，还有一双塑料凉鞋，跟母亲的冰鞋一模一样，不知是母亲送她的，还是她送给母亲的。我突然不好意思，未经二姨同意就看她的衣柜，如同我问她那些问题，超越了界线。我心里充满内疚，关上衣柜。我走到窗前，看着医院的楼房。到底唐庆芳与二姨及董江有什么样的纠葛？

好奇心再次占领我的思想，我可以去医院，不管能不能见到唐庆芳，也比待在屋子里强。这个念头一起，我马上往外走。

一个五十岁左右的女人这时经过门前，她又矮又瘦，神秘地问我："小妹儿，你是来走亲戚的？哪个以前没见过你？"

重庆人个个是包打听，歌乐山是一个寂寞的所在，人会更过分。那女人看着我，等着我回复，于是我朝瘦女人点头。

"唐玉英打饭多，大家都喜欢她。"瘦女人站在那儿不走，继续说。

"你在医院呀？"

"不，不，我家没人在医院。"

"那你哪个晓得？"

"哎呀，住在我们这条街的人，都跟医院有点关系，要么在里面做护工，要么做清洁工，要么家里有病人，就租这儿的房子，有个照应。那些精神病，啥也不管，啥也不懂，只晓得乱整，需要我们正常人呀。"瘦女人看我一眼，"跟你说，你也不懂。反正唐玉英人好，她是你的啥子人？"

"我的孃孃。"

"哦，难怪，你的小脸和她有点像，我还以为是她的闺女呢。"

瘦女人跺了跺脚，把一只爬在裤腿的小毛毛虫抖掉。"小妹儿，你要耍几天呀？"

我没吱声，看着她。

她这回倒是明白，知趣地走开了。

二姨门前的石阶两侧生了青苔，整个水泥路的小街安安静静，转了几条巷子，才听到城市该有的喧嚣。走了十分钟路，我来到一条热闹的马路上。我看了看手腕上的手表，快下午三点了。

一家卖竹器罐子的杂货铺没啥顾客，我便停在此。斜对面的歌乐山精神病医院大铁门戒备森严，门口有好几个警卫。探望的人在边上岗亭小窗口填表，除非有人带，否则不能进。我不是病人唐庆芳的亲属，没有资格探访，除了二姨，我不认识医院里的人。二姨明显不想带我进去。若探访二姨，她不会出来接我，反而会对我生气。

我径直跨过马路，走到大门右侧，那些警卫警觉地打量我。周围有很多卖水果的小贩，主要是售一捆捆甘蔗，拿着明晃晃的尖刀，大声叫喊："一角钱一根，包甜！包削皮！"

这么便宜，主城一根甘蔗会要双倍的钱。我朝一个穿黑大衫的大爷递上一角纸币，他拿着一根甘蔗，马上削皮，眼睛没眨几下，皮就没有了。大爷把甘蔗递给我。

"太长了，请砍一下。"我说。

大爷马上用刀砍成几个小段，递过来。

我咬了一口，糖汁液溢满嘴里，很久没有吃这么甜的东西了，内心真的感觉好舒服。

我朝他感激地一笑，走开几步，背靠墙吃起来。

大爷生就一对鱼眼,手里是快刀,定定地看着我,好久姿势都不变。这样子,脑子像有病。这个医院外面的人,不正常也算正常。

我反应过来,扔掉手里剩下的两节甘蔗,拔腿就跑。精神病医院的墙又高又长,马路边的人行道完全看不到边。

大爷追我,我跑得更快,但是没用,他瞬间就到跟前,与我并排跑,挥着尖刀说:"幺妹子,跑啥?莫非我会吃了你?"

我吓了一跳,这个人可以读我心思。我只好停下,看着对方。

他笑了,说:"你想做啥子,我晓得。"

我想进医院去,他怎么知道?这个人不过是在诈我而已。我不想告诉他,背过身。

"幺妹子,那疯人院关着有病的人,外面的人其实也有病了的。你没病不要装病,进去做啥?"

这个人完全说出了我的想法,很神奇,我眉毛一挑:"关你啥事?"

"我告诉你,我没病。在这条街,就我俩没病。"他几步走到我的前面,朝前走了几步,在医院院墙前踮起脚步看里面。

"你能看到?这么高的墙。"

"我能看到。不过,我担心小妹儿,你没病又不是坏人,你进去没啥意思,不值得费力。这个医院没啥好耍的,除非你能找到乐趣。"

"包打听,没用。"

"我可以帮这个忙,想进去逛一逛?嘻嘻。"

"大爷,你说到做到?"我完全没想到。

"不多了,给我五角,我保你能进。"大爷说。

"你就是想得钱,你是不是骗子?"

"我要是收你五块钱,那是骗子。这不过是买个鸡蛋的钱,我让你进去,会消耗了我内力,要补充营养。想进去就给,不然,我走掉了。"

"真的假的?"

"进去再收钱,放心好了。我晓得你有这钱。"大爷一本正经地说。

我看他不像胡乱说话之人,便掏出三张一角、一张二角的纸币,拿在手里。大爷原地转圈,眼睛扫过去。我也四下打量,周围完全没有人注意我们。他灵巧地把手里的刀往腰里一插,抓起一捆甘蔗,就继续沿着院墙往前走,大步流星,比一个年轻人还快速。

我紧跟着他。

没走一会儿,我开始喘气。他没有减速,大约走了一刻钟,他回了一下头,叉着腰等我,看到我近了,又朝前走,然后停在一个小木门前,闭上眼,长吸一口气,嘴里念着什么,很有节奏,过了好一阵子,他伸手朝木门拍了六下。

他拍得轻松,我的耳膜嗡嗡直响,痛得要命,便捂着耳朵,声音小了一点。

忽然,木门嘎吱一声敞开了一条缝。

大爷把我往里使劲一推,说道:"天黑前得出来!原路!得跟我刚才一样拍门!"

我来不及答应,便感到有股气流带着我前行,很快整个身体跌倒。我马上爬起来,稳了稳身体,才站住,发现身后的木门已经关上。

我要给大爷钱,一摸口袋,发现五角钱竟然不见了。不用说,那大爷隔空收了钱。大白天的,真是遇见怪事了。

面前空地成片的野草有半人高,并没有守门人在此。这儿生长着巨大的黄葛树,密集遮挡视线,完全听不到高高的院墙外的喧嚣。草丛茂盛,随风飘动,飞着几只白蛾,我的耳朵嗡嗡地响。拍拍耳朵,响声更大。我拉拉耳朵,不仅响,还痒痒的,隐隐作痛。

我只能往里走,走出黄葛树林,出现一个岔路口,我选择中间道走。它有个坡度,我很快到达最高处,正对着一个湖,边上有好多芦苇,游着几只黑麻的野鸭,湖心有一艘木船,漆掉得能看到船沿的蓝色。我折回岔路走右道,是一条湖边小径。我走了两圈,都是一样的路,像个迷宫,没有出口,也看不到别的路,除了湖水,只有湖水。我站在湖边,一只野鸭游过来,注视我。我看着它,说:"能不能让我的耳朵不痛?"

野鸭看着我,伸长脖颈,我的耳朵不痛了。

我说:"谢谢你。"

那只野鸭摇了摇头。

我正要问它,怎么能走出迷宫?可它已游走了,几乎瞬间就消失在芦苇丛中。

我不由得转过身抬头看灰扑扑的天空,却什么也看不到。我气馁地蹲下,叹口气,发现在草丛中有楼房的顶,没错,是三幢高低不一样的楼房,其中最高的一幢是白色的,在我的左前方。回想在二姨家,窗外远处是那幢精神医院的白楼,但愿远处就是它。

我立刻站起,径直朝那幢白楼走,居然走出了迷宫,小道两侧都是乱草。我走了好一阵子,终于走到一块空地,来到楼前。渐渐传来人声,有好几根尼龙绳子系在两棵三米左右的大树身上,上面晾了好多被单和白衣灰衣。我抓了一件灰长衣,穿在身上。

除了三幢高楼,这里还有几间灰砖平房,都是20世纪50年代修建的,边上的平房还涂了红漆,那种红让人恐惧。最高的一幢楼房有七层,不知为何,让人看了格外紧张,我的耳朵充满轰鸣。

我停在空地,稳了稳心情,快速进入那幢最高的白楼,奇怪,进入走廊,耳朵倒是正常了。

楼里有股消毒药水味,很乱,有好多垃圾桶,堆了好些木箱子。有扶手楼梯,有熟玉米焦糖的香味,从窗外几米外的一幢楼里飘入,那边可能是个食堂。这时我看到那儿的窗子,二姨白衣白帽站在窗里,拿着一把菜刀,倾身向前,举刀在窗前的砖头上磨。

怕她抬头看到我,我马上蹲下,这时肚子不争气地叫了起来。怎么搞的,居然又饿了。楼梯上端传来人声,我装作镇定地走上二层,左侧是一个三角地的空间,有护士柜台,墙上有好些告示,好多穿灰衣和白衣的人,有围桌打麻将的,有坐着盯着窗子的,有举手对着墙上的标语比画的,也有垂头一动不动。这些病人的眼睛都没有光,像是一台台机器。

我四下打量了一下,没有唐庆芳的身影,便往右侧窄长条走廊一头走去。这么多年了,如果她在我面前,能认出她来吗?我冷笑了,我不能的。那我来此的目的就完全达不到了。

走廊出奇地安静,全是一个个关闭的房间,有的房间门上有小窗口,可看到里面的病人和很多并排的单人床,有些房间没有病人。男女厕所在同一方向,相邻。我进了女厕所,里面很大,蹲坑很干净。上完厕所,我打开龙头洗手,觉得身后有动静,但回头,并没有人。

回到走廊上,我看到尽头窗子前站着一个蓝衣女人,身材苗条,背对着我。她突然把右腿放在窗台上,像要压腿一样。窗外的光线勾勒出她的脸庞、过肩的长发,甚至她的身材。

好美!我心里感叹,经过蓝衣女人时,她的喉咙像有痰阻在那儿,一下子咳嗽起来。这声音让我停下脚步,突然一扇门打开,出来一个轮椅,一个白发的老头坐在里面,像尊雕塑一样,朝我这个方向驶来。我小心地让开,这时一只大手抓着我,我一看,正是那位蓝衣女人,朝我露出一口黄牙,笑了。

我吓一跳,虽然她的侧面看不出年纪,可正面完全是六十岁左右的老太婆,脸上好多皱纹,头发灰白。仅仅思索几秒,我就认出了她:这是二姨的情敌唐庆芳,因为她眼露凶光,死死盯着我,是那种想把我活吞下去的饥饿,跟我小时见时一样。

人就是这么怪,如果你认出对方,那么对方也能认出你,尽管对方是一个精神病人。

"你在这儿做啥子?见了我,也不叫三姨。"

"三姨?哼!"

"晓得吗,你妈叫我三妹!我不是你三姨,是哪个?"

听到唐庆芳说这么清楚的话,我脑子轰地一下炸开了:"你没有得精神病?"

"臭人,你才有病了!"她咯咯咯地笑起来。

她死劲地掐我的左手胳膊,我痛极了,挣脱起来。

"你最好乖点,不然,我一喊,他们就来了,会把你关起来!"

我没办法,只能忍着。她停止掐我,我痛得叫起来,她却没放手。她拉着我,来到走廊,下楼梯,从一个楼道里出去,眼前是一片空地,小山丘有块麻布,上面晒着一片鲜红的辣椒。

"臭人,给我站住,听着。"

"你松开手。"我说。

"求我会不会?"

我摇头。

"跟你妈一个脾气！"唐庆芳又掐了我一下，我忍着痛。她没听到我叫，反而松开手。

我急忙揉胳膊，这个人力气真大，使我皮肤上留下一道道红印。唐庆芳朝前走了几米，从墙边一个破砖头下面取出香烟盒和火柴，自个儿点火抽起来。她摇摇晃晃地靠近我，低声说："我晓得你为啥子来。"

我看着她，她的眼泡肿肿的，手指甲里都是黑垢，发出一股臭味，肯定好久也没洗。

"不是我，他们都会死，晓得吗？"她吸了一口烟，自豪地说，"是我救了他们。"她一屁股坐在地上，"这些忘恩负义的东西！"

"哪个？"

"还有那个南岸的唐素惠，你二姨，无心肝的，我家老汉！"

"二姨他们搬到这儿来，绝对是为了你，你做啥子这么骂他们？"

"为了我，确实为了我。"唐庆芳叫了起来，吐了烟圈，昂起头来，盯着天空，"不让我死，不让我坐牢，就是要折磨我，哼！她最恨我，我最恨她，我变成白骨，她都不会饶我。她天天给我白粉呀，是啥子东西？慢性毒药！她给，我就吃。我不告她，我配合她演戏。臭鞋，抢我的男人，婊子，唐玉英，人前是菩萨，暗地里是条毒蛇！"

"白粉？你开玩笑？"

"医院有的，是白色的粉，有时是白色的水。打进去，我就感到升上天。臭不要脸的，破鞋。"

她骂着，看着几只白蛾飞近了，有一只苍蝇叫着，她一招手，抓着了，扔进嘴里，津津有味地吃起来。

这个举动让我怀疑她脑子是不清楚的。她看我的样子很享受，眯了眯眼睛，站起身来。"我要撕碎了你。"说着就径直冲过来。

我急忙几步奔到边上小山丘，上面有很多辣椒，一踩，辣椒迸出红汁来。她奔得比我快，一把将我推倒在辣椒上面。

"小臭人，你还没叫我，叫妈妈，叫妈妈，玉子，下次给我带烟来。"她大叫。

这个唐庆芳，这时竟然把我当成她的女儿玉子了。

她指着我的衣服："你龟儿子哪里弄来我的衣服？还给我！"她伸手抓我的衣领，撕我的衣服。我推开她，她看看我，看看天空，突然撕起自己的衣服，没一会儿就几乎赤裸，哈哈大笑起来，连蹦带跳地奔上山丘。她的乳房蔫蔫的，小丝瓜一样吊着，肚子上全是皱纹，屁股倒是白净的，腿粗壮，跟以前我见过的一样，不过她的开心、那眼神里的疯狂和那马上要摧毁自己和他人的劲儿，完全镇住我了。不行，我必须趁机问她：

"玉子她在哪里？"

"玉子，你，去了海南。你不要我了，是不是？"唐庆芳停下，看看我，伤心地说。

我在犹豫说什么时，她走向我，突然凶狠狠地说："你不是玉子，我晓得，你不敢承认是她，虽然你明明就是她。你说你会一直陪着我，你不是说要搬来这院墙内住？"

她抓着我的头发，挥拳朝我脸击来。

我闪躲开，双手往外一推，她的身体晃了晃，站稳了，后退着，一脚踩歪，身体失去平衡，在山丘上翻滚，她跌在底端，大叫："你想害死我，我晓得！你们所有的人都想害死我！"突然她双手抓着辣椒，看了看，就往嘴里塞，辣椒让她眼泪涌出，"好吃，好吃，这是肉的味道，好久没吃到这味道了！"她嘴边流着红辣椒汁,像血一样流下脖颈和胸膛。

就是那天,我在刺眼的阳光中看到一个男孩子站在不远处的树下,很像一个人。我心中陡然一惊,叶子!那是二姨不在这个世界的儿子。

这怎么可能?

我朝男孩子走近,他有着和二姨一样的眼睛,亮亮的,我很熟悉。唐庆芳跟上来,她指着叶子笑起来,又哭起来,大叫:"对不起,对不起,我不是有意的!"

她朝叶子跑过去,我急忙起身奔过去。她快撞倒他的刹那,我撞上她。她倒地了。

我冲男孩子大叫:"叶子!"

叶子没有答应,而是定定地注视我,怪异地皱着眉头。

他脸色通红,对我说:"这里不应有你!你怎么进来的?"

"叶子,听我说。"我想解释。

他看了看地上的唐庆芳,走过去,如果是叶子,那他的左腿应该有点跛,但是这个男孩完全没有,走得稳稳的。奇怪的是,唐庆芳一看到男孩子,身上那种疯狂马上消失,露出开心的笑容,握着他伸出的手。他手里多了一件衣服,裹在她身上。

两个人朝楼道里走去。男孩子猛地回头,对我冷冷地说:"快离开我们这儿!你哪里进,就哪里出!回家吧!"

我几乎是一路小跑到原路的小门,那儿有门,但打不开。卖甘蔗的老头也不在。天未黑,大爷叮嘱我天黑前出来。我身后是楼群,右手边是一个体育场,左边有人声。我决定朝左走,走了好一阵,我看见精神医院的大铁门。进来会有人检查,出门却没有。我脱掉身上的衣服，把它折起来，藏在假山石的空隙中。

我朝前走，身体像被钉着了，完全动弹不了。

对了，大爷说过原路回。我只能走到原路那道小门前，大叫："大爷。"

没人应声。

我想了想，举起手，学大爷开门的样子，拍了六下。小门没反应。难道我记错了？正在怀疑时，小门突然敞开，我赶紧冲了出去，一下子跌倒在地上，痛得我叫唤起来，回头一看，那儿哪有小门，除了院墙就是院墙。

真是不可思议！我摇了摇头。

1945年 重庆

唐素惠提着篮子去菜市场买菜，买了白萝卜和西红柿，还有姜蒜和藤藤菜。卖菜的小贩说江边有人卖鱼，现钓现卖，新鲜好吃。她想去看看，于是到了千厮门码头。

嘉陵江水碧绿，芦苇沿江岸生长，边上果然有几个钓鱼人，有的不卖，有的现卖。她买了一条鲢鱼。对方举着一把尖刀，她摇摇头，说自己回家剖，请对方把鱼放好。

这时，听到有人叫她的名字。

她回头，发现董江站在石梯底端，手里提着一个帆布箱子，身边是一个额前有刘海的年轻女子。她走过去，董江给她介绍，这姑娘叫唐庆芳，才下船。唐素惠发现这人长得很像凤小姐的厨娘唐玉英，笑起来脸颊有酒窝，是丹凤眼，同时也跟另一个人像，凤小姐？不不，这也太巧了，面前这个人像凤小姐，是因为她们的眼睛里有野心。

"你长得很像凤小姐。"唐素惠说。

"千万不要这么说,她是大明星!记着,不要再讲。"唐庆芳说。

"明白了。"

"我自己最明白。"

"你像玉英,这回我说对了吧?"

"我们是亲戚呀,表姐妹。"唐庆芳说完,看看唐素惠,说自己是凤小姐的助手,有事去了上海,坐了好几天的船,才到重庆。

凤小姐的助手!这让唐素惠吃惊不小。这姑娘看上去最多二十岁的样子,怎么这么厉害,得到这么重要的角色。她仔细打量对方:瘦高个,挺直的背,两条辫子盘在脑后,上衣穿中式短袖布衣,下面是一个洋筒裙,很精明能干,见过世面,而且她一笑,非常招人喜爱。

"那你是忠县来的吧?"唐素惠问。

"对呀。我听说表姐最近认识一个人是从石宝寨来的,原来是你!老乡见老乡,两眼泪汪汪。"唐庆芳说着,一把抓住唐素惠的手,紧紧相握。

董江伸出手与她们相握,说自己是半个重庆人。

三个人开心地笑着,彼此松开手。

董江欣赏地看了看唐庆芳,对唐素惠说:"她比我们都强,学习好,受过教育,师专毕业。"

唐庆芳很自信地看着江面,她的手包滑下手腕,董江连忙替她扶到肩上。

唐素惠心里有个感觉,董江对唐庆芳不是一般的热情,他着长衫、布鞋,头发可能出于睡觉的缘故,微微上翘,人看上去顿时年少好多,一个眼神,一个手上的动作,很灵动,尤其是他说话时故意让尾声拖长半拍。唐庆芳听了，笑个不停。看不出来董江这么讨人喜欢，跟之前仿佛是两个人。这个印象在心里生根后，董江看上去顺眉顺眼多了，他若去演大电影，不比大明星赵丹、金山差。这男人，唐素惠不仅不讨厌，还觉得好特别，那么别的女人也会有一样的感受。那晚在枇杷山花园别墅，唐玉英与他说话时，两个人的身体离得近，像有团火焰在他们中间燃烧。今天呢，这个从大上海回来的唐庆芳，身体离他也很近，看他的眼神，热烈潮湿，那是一个女人对一个男人独有情愫的症状。董江跟唐玉英相好，或是先跟唐庆芳相好？若眼前这个女子是后来者，即便知道表姐与他的关系，也不会在意，因为她的眼神里有股毫不在乎这个世界的样子，就像此时，她的声音提高了：

"晓得吗，老乡，我喜欢上海，并不是那么喜欢重庆，这儿与以前没有什么不同。你晓得吗，委员长在这儿，有点不同，可是呀，董江在这儿，我才想回到这个地方！龟儿日本待得过明年？它肯定会完蛋，不得好死！哼，因为董江，山城的辣椒才让我感受到忘不掉的味道！老乡呀，他就是我一心一意想要依靠一生的郎君！"这段表白后，她的眼睛看了他一下，整个人溢满光焰，美极了！相反，董江什么也没说，沉默着。她不管，高兴地拉了拉他的手臂，头依偎在他怀里。他有点不好意思，朝前上了一步石阶。她受过教育，很新派，没什么稀奇，要让她以传统方式谈婚论嫁，那就不是她了。

"我们走吧！"她说，走过董江的身边，热情地看了看他，便继续上石阶。

唐素惠不敢相信自己与他俩走在一起。这从山脚到半山长长的石阶，比别的临江地方宽绰。天上又响起闷雷，乌云堆积在天上。

石阶上路人不少，有挑夫，有抬滑竿轿子的，有拖儿带娃的一家子，有挂着拐杖的老人，但没有一个人因为天上响着雷声，加快脚步。唐素惠出门没带雨伞，她不后悔。重庆本地人习惯了这种天气变化，哪怕真有暴雨，也不过是几分钟，躲在屋檐下，看着雨水淋漓，雨过了就过了，欢快地走，一切都湿湿的，地面墙壁，沾有青苔泛绿，这才是重庆城。

不久，他们到达石梯上端，这儿的马路倒也宽敞。黄包车有新有旧，旧的黄色漆磨损厉害，缺乏维修，让人想起一些故事，像身处电影里的格局。唐素惠提着篮子，她与他们道别，可是董江说，车子就停在路边，他可以顺路载她回家。

她客气地回绝。

唐庆芳说："老乡嘛，好姐姐，就听董江的吧！他对你好，你就接受呀。"

她伸手来挽唐素惠，死死地抓着对方的胳膊。

那天唐素惠只得跟着这一男一女走。

三个人走了好几分钟。路边有一辆深蓝色的洋轿车，不用问，这是二老板配给凤小姐的。车子里是木头，皮质座椅，宽敞又气派。董江打开后座，把唐素惠的鱼和菜放在四后舱里，给两个姑娘开门，唐庆芳坐前面，唐素惠坐后座，董江关上门后，才打开前面的车门，入座司机的位置。

车子启动，老有行人在车前走来走去，仿佛看不到车子，董江开得并不快。三个人高高兴兴地，有说有笑。从车玻璃里可以看到渐渐热闹的马路两边的商店，不时从建筑中间可看到嘉陵江的景致，沿江错落有致的低矮房屋。路面被洒水车清理过，湿湿的，像面长长的镜子，倒映着人与车，楼与天空的云。到处是人声，店里扬声机唱片放出的是凤小姐的歌声：

那南风吹来清凉，那夜莺啼声细唱，月下的花儿都入梦，只有那夜来香，吐露着芬芳。

乌云重重地压下来，马路变得阴沉灰暗，这并未影响车里两个女人的交谈，她们说到心心咖啡馆，唐素惠说冰老师认为那儿的咖啡是重庆城最好的。唐庆芳说，想带唐素惠和唐玉英去坐坐，她自己以前喝过，像打了针药，都三更了，还是睡不着。

"我喜欢坐在咖啡桌前，看别人看世界，"唐素惠说，"也可以看自己呀，自己也是这世界稀奇的一部分。"

唐庆芳惊讶地看着她，从手提包里掏出小布盒，打开，里面是一对心形银耳钉，她递给唐素惠。

"送你的，见面礼，素惠姐。"

唐素惠将小布盒还到唐庆芳的手里，说："谢谢你，我不能收。无功不受禄。"

"你这么聪明，这么让人开心。"唐庆芳说着，把布盒塞在唐素惠的手里。"你看着我的眼睛，我是真的要送给你。"

唐素惠抬头看她。

"姐姐，收下吧！不然，我就认为你看不起我的礼物了。"

"收吧，一片心。"董江也说话了。

唐素惠没办法，只好收下。

董江笑了，唐庆芳对他说："专心开车。"

他点点头。车子经过好些街后，驶入一条窄窄的小街，进入一个街口，董江把车停在一个鞋摊面前，从后车舱里拿出鱼和菜，返回车里，从车窗里伸出脑袋来，告诉唐素惠从街口穿过去，再拐两个巷子，就到她的住处了。

唐素惠提着她的鱼和菜，站在街口，看着车子驶远。她不知道，以后自己的命运与他、与那个刚来的唐庆芳居然紧密地连在了一起。

进入5月，山城的天气早晚温差不大，虽然日本飞机还在光顾，也不知为啥原因，出现的频率比以前低多了。其实就算日本飞机还来，重庆人也不怕，轰炸之前、之后，餐馆照常营业，食客光顾，舞厅里仍然灯红酒绿，男男女女相搂，仍是歌舞升平，小巷子里小贩叫卖的吆喝余声缕缕。也有汉奸被刺杀的尸体，也有上海弄堂里日本人惨死的照片，小报上永远有这类消息。重庆抗日救国妇女会发起了一个山城女子辣椒美食比赛，募捐支持前线士兵，各式商会也积极响应。那天冰老师带回一份报纸，扔在桌上，有意让唐素惠看。她看完，果然很激动，想去贡献自己的一份热情。报上说凤小姐是评委之一，还有几个演员金山、白杨、张瑞芳等，演员做评委，好刺激。

那天傍晚，唐素惠爬山去找唐玉英、唐庆芳，告诉她们这一消息。三个女人兴奋极了，但几分钟后就叹气，觉得自己根本不是那些名厨大厨的对手。她们喝老鹰茶，喝着喝着，唐庆芳盯着唐素惠说："这个美食比赛，若是比刀功和速度、技巧，比如砍一头小羊，我们不是别人的下饭菜，绝对比不过。但关于怎么做辣椒菜，就是比想象力，比稀罕的美味，这点我有信心，不要怕。"

唐素惠和唐玉英听得直点头，都觉得唐庆芳说得对。

与此同时，冰老师的剧本写完了，他与凤小姐排练了好几次，每次都占用一个下午。那些下午，重庆都在刮风，一阵大一阵小，窗玻璃被吹得嘎嘎响，弄得人心头很烦。凤小姐的脾气很大，一会儿说要留下继续演，一会儿说算了，明年再演，与冰老师话不投机，吵了起来。冰老师独自一人到剧场过道，对着窗站着，看风把外面的树吹得枝条乱翻。他回到剧场跟凤小姐耐心地说，希望她顾全大局，演完这个戏。凤小姐点点头，两个人握手言欢。他对她说，二老板现在忙极了，先前答应的资金不到位，他觉得这个时节有一台新戏不容易，能上就上。他找钱，她也盯着二老板要钱。两个人一致同意，不管明天如何，今天还是排练。

回家后，冰老师开始发烧，折腾了一个晚上，到清晨烧退了，开始咳嗽，他拿出搁置在抽屉里的烟斗，放入烟丝抽起来。抽完烟斗，倒是止住了咳嗽。唐素惠给他抓了几服中药，他喝了几天，咳嗽轻了后，他不断与人见面，早出晚归。唐素惠猜想，是不是在找演出的费用。有一天他回来说，有一个人到剧场来，纠缠他。

"想当演员？"她问。

"但愿是这样，就好办了。"他回答。

她没问下去，因为他不想说话，皱着眉头。

枇杷山有座人人都羡慕的花园，是真正的豪宅庭园，花树不少，几乎全是世上珍贵的，居山顶一览两江绮丽风光，屋里陈设中西合璧，里外都气派。那是权势人物王先生的别墅，据说被第一夫人宋美龄看上了，但因为日本飞机轰炸隐患，她考虑又考虑，最终还是选了南山别院居住。辣椒美食初赛决赛就在王家的后花园里举行。

初赛的日子到了，按理说凤小姐这样的评委都不会出场，可是那天她居然在。妇女会的工作人员挑选的候选人，有从区县来的女厨师，有从大学来的，什么样的女人都有，姓唐的有好多，不过唐素惠、唐玉英和唐庆芳，这三个来自忠县的姑娘，不仅人聪慧灵透，做的菜也丝毫不逊于真正的大厨师：唐素惠做了烧黄椒青豆，放了炒过的黑芝麻，用黄砖冰糖渣在锅里放水炒出小圆，盖在上面；唐玉英做了青辣椒红辣椒双拼，她只放了盐和葱丝；唐庆芳做了青辣椒粒和生姜，加了盐和皮蛋蛋白丝，晶莹好看。三个人不约而同，没做大鱼大肉，在那些荤菜搭配的辣椒中一下子跳出来。工作人员吃得津津有味，凤小姐一一尝了，说这种菜比大厨做的麻辣豆腐、麻辣凉拌菜、辣椒鸡块和麻辣肉片不同，每道菜像首辣椒的诗，自然进入品尝者的心里。她的话引得一片掌声。结果包括她们在内的七个人被选中进入决赛。

三个年轻女子高兴到大喊，满脸通红。

她们要到馆子里庆祝，结果董江说他请客，凤小姐说她买单。董江熟门熟路开车，带三个姑娘去老四川牛肉馆后面的一家小馆子喝牛肉汤。

那夜阴森可怖，乌云大团聚集，像要下雨的样子，周围的楼房倾斜着黑黑的倒影，他们的心情与这气氛相反。

董江把车在路边停好。几个人下车，可以看到大馆子门前的热闹。董江介绍说，带他们去的小馆子，老板有个怪名叫单伍零伍，他喜欢老四川牛肉馆做的味道，本是复制味道，但做出了另一番美味，他的牛肉汤是潮州风味，吃过的人，久不来，都会想。唐素惠曾听冰老师说他喝过一道潮州牛肉汤，好喝极了，在老四川牛肉馆后街上。现在听董江这么说，她充满期待。

拐到小街底端，可看到一家写着好吃牛肉汤招牌的小馆子亮着灯。他们推门走进后，发现里面只有四张桌子，窗子不大，敞开着，墙上是老重庆地图，还有一张庆丰收的年画。三张桌子坐了人，其中一张桌子是一家父母和两个十几岁的女儿在吃饭；朝厨房的一张桌子坐了一个人，另有一张桌子空着，桌上摆了四个碗和筷子。一个扎了头巾的小伙计跑上来，安顿他们坐下。他马上端来茶水，打开一瓶五加皮白酒，边倒酒边说："老板吩咐的，照顾好你们。"

董江谢他，说自己开车，不宜喝酒。

这时坐在里端那桌上的一个人站起来，朝董江点点头："喝一杯无碍。"

"伍老板好。"董江尊敬地说。

那人举了举手，算作回应，礼貌地向三个姑娘点头，便走到厨房里了。

唐素惠看着老板的身影，觉得自己见过他，但在哪里见过，一时想不起来。这家牛肉馆味道的好与否不容置疑，哪有老板亲自下厨的？只能说明此人真正爱吃，懂吃，又能做好吃的。

没一会儿，小伙计端出此馆子的招牌牛肉汤，一个大土碗，肉多汤也多，上面撒了干红辣椒粉和小香葱，一入口，牛肉的香气与辣椒的香气融合，十分浓郁，没有人吃了不投降于这美味之下的。几个人闷声吃着，好一阵子，能听到彼此咀嚼牛肉和喝汤的声音，还有舒服的喘息，跟男女做爱一样，眼睛露出光焰来，连连说，太好吃了。大家你看看我，我看看你，竟然举手相击，三个女人相互拉扯着，开心地笑。

接下来上的菜是酸辣椒爆炒牛肉丝，新鲜的肉横刀切，根根细长灵动，红通通的，色泽诱人。唐素惠舍不得伸筷子，她在脑子里想象那位老板在后面的厨房如何做配料，在菜板上精准地剔出筋，切片，再切丝，边角地方另置一处，再将同一长度的肉丝放盐、酒和带芡粉搅拌均匀腌好；飞快地切嫩泡姜丝，铁锅烧红后放入菜油、豆瓣酱、辣椒姜丝蒜片,翻炒出香味,这才将牛肉丝慢慢送入,一气呵成,不到一分钟,就起锅。

她夹了一筷子,牛肉丝嫩滑,混合姜丝辣椒丝,整个舌蕾辣得直嘘气,该有一碗米饭就好了。一抬头,四碗米饭已摆在他们面前。小伙计端上凉拌莴笋叶,油辣椒直接泼上去的,淋上鲜得要命的酱油,入口香脆,全是莴笋的香味。稍一停顿,小伙计又端来一碟青红萝卜,泼了红辣子油,添了酱油。

四个人一一尝了,赞不绝口,他们碰杯,喝五加皮。董江只喝了一杯,不过三个姑娘频频举杯,那酒很快被喝得只剩一半了。

伍老板让小伙计端来米汤,上面浮着一层辣椒粒,一喝,并不完全是米汤,是骨头与米汤混合,还有桂花香甜,奇怪得很,见不着桂花,看来是与辣椒一起做的,钻入辣椒里的。高手在人间,果然如此。

唐素惠喝着这米汤,越发觉得这个夜晚不真实,那个人很像冰老师说的亲戚,那个让她去心心咖啡馆见面的人。没错,就是他,那天虽未看清他的脸,但那人的轮廓,她记得清晰。这个小馆子,想必冰老师也并不只是来过,应该很熟。

四个人脸红红的,三个女人说起忠县,说那长在石头上的地木耳,黑黑的一层,烧肉最好吃。她们说起自己的童年,打柴摘野菜,在山野奔跑。她们说在巫山有种鸟,传说是仙女变的,即使打死,瞬间便会复活,这种鸟看上去普普通通,羽毛灰灰的,在强烈的光线下,会变成彩色,说是听得懂人话。石宝寨的人不时看到不死鸟,它们聚集在江边,多在岩石上晒太阳,一遇到风吹草动,马上从江上振翅飞向云端。有人抓捕过,但关不了它,它会破笼而出。它能活几百年,临近死亡,必引火自焚,从灰烬中飞出新生命。董江扫视面前的三个女子,一清二楚地说:"难道你们三个不是吗？不死鸟是传说，而你们呢，有一天会成为传奇。"

她们一下子呆住了，看着他。

他微微一笑，把话转到自己的母亲身上。他说，他母亲是个打不死的小妖精，本是丰都江边船夫的女儿，嫁了个小商人当妾，男人高兴时对她好，不开心时便欺辱她。坏男人原来有个老婆，想方设法损害她，包括她怀孕时，在她食物里放东西，可她就是不死。生下董江后，有一天，她带着他搭上一条船，顺江而下，到上海，给人当奶妈，却省吃俭用，送他上学堂。他说，我母亲是一个大脚。

她们惊奇了，纷纷说自己的母亲也是大脚。三个女人纷纷看自己的大脚，唐玉英笑着说："哎呀，我是最大脚！"

唐素惠接过话说："我妈看到我长成大脚，讥笑我以后无人可嫁！哎呀，不嫁就不嫁。"

"嫁人的话，必然是为了爱。"唐庆芳说，她看了董江一眼。

在唐玉英面前，唐庆芳跟董江的说话方式很收敛。一物降一物！唐素惠心里想。

小馆子外的夜色是紫蓝的，有三轮车驶过的声音，听得见叫花子走向老四川牛肉馆那边的乞讨声。背街安静得可怕，像是有什么事要发生。

当天夜里，唐素惠陷入梦境，浑身是汗，一个梦套另一个梦，梦里她都在吃东西，其中有一个大包子，有脸盆那么大，里面全是肉和辣椒丝。她感觉到辣到心头，使潜伏在那儿的猛兽苏醒，给她惊喜，给她冒险，有种不可复制的快乐，同时充满恐惧，以至于在枕头上留下好多牙齿印。

1983年 重庆

我走过马路看对面,刚才精神病医院那段高高的院墙上端伫立一排乌鸦,那一道高高低低的黑,几乎一动不动。院墙里面有个湖,有高高的乱草丛,我在食堂看到磨刀的二姨,甚至遇到了精神病人唐庆芳,还有和叶子长得一模一样的男孩子。

那一切好像是一场梦。

远处学校敲响放学的钟声,三三两两的孩子背着书包,出了学校大门,他们从一个坡上走过来,打闹着,欢叫着。阳光的余晖铺洒下来,精神病医院大门左右没有卖甘蔗的小贩,没有那个神秘的老头。一辆装着水泥袋的卡车放着邓丽君的歌曲《甜蜜蜜》,快速地驶过,惊得那些学生闪躲在路边。二姨在医院大铁门里看到我,犹疑着朝前两步,却转身走开了。

远处的天空泛起玫瑰色,我叹了口气,转身离开。

临近黄昏,马路上车辆变多,按着喇叭。有些女工戴着帽子、袖套、围裙走在路上，这附近应该有工厂，也许有不少，只是我不知道而已。倾斜的石坡下有条巷子，摆着一个个摊位。我走下坡，有卖干豇豆的，有卖竹器的，有剃头的，大多是卖附近农民挑来的蔬菜。一个小伙子在地上放了几张旧报纸，摊开几斤红红绿绿的辣椒，人没走近，就闻到一股辣味。

我要了半斤青辣椒，二两红辣椒，想炒个肉片。走了好几个摊位，都没有人卖肉。有个秃头小贩，四十岁左右，蹲在一根电线桩边，面前的塑料桶里全是白花花的新鲜的鱼肚。

小贩不等我问，就指着鱼肚说，是自己的侄儿喜欢钓鱼。有一次吃饭时他对侄儿说他喜欢鱼肚。小时候灾荒年好不容易父亲钓了一条鱼，家里人抢鱼肉吃，碗里只剩下鱼肚，几兄妹筷子都伸向它了，他们谁都不让，另一只手举着碗砸起来。父亲叫他们停，他们不听。母亲拿起菜刀，从厨房冲进来，把鱼肚切成一丝丝，让每个孩子都尝到一口，这事才算了结。所以他想吃鱼肚，一个人吃个够。没想到侄儿帮他完成了这个心愿，做了一大碗，却没有那时吃一丝鱼肚的味道，气得他把没做完的鱼肚拿到街上卖。

我想起小时候一家人围着火炉吃火锅的情景，逢年过节的肉腥味，想起来真美好。但那种得凭票购的肉是填不满牙缝的，只能搭豆腐青菜一块儿吃。那时我母亲手里握着筷子，眼睛盯着前方。

我担心地问她："妈妈，你在看啥子？"

"前方。"

"前方有啥子？"

母亲说："前方有吃的，可以让你们吃够。"说完，她轻轻一笑，眼睛湿湿的，含着泪花。

现在我有些懂了母亲当时的行为，一是她真的在想要有足够的肉让孩子们吃，二是她在想着什么人，回忆与之吃着的什么东西，

207

母亲的眼里分明是思念。

"妹儿,你要吗?这儿最多一斤。鱼肚是空心的,看起来多,其实不多。"小贩见我愣着,大声问。

我回过神来,说:"好的,我全要。"

当我提着鱼肚和辣椒回家时,发现二姨站在门前,正踮起脚尖,从门框上端摸钥匙。她听见我的脚步,狠狠地瞪了我一眼,脸挂着,将钥匙插入锁芯,打开房门。她进了厨房淘米,我跟了进去,坐在一个小木凳上,取了一个竹篓,摘掉红辣椒的把子。我与她一句话也没说。

厨房里两人之间萦绕着火药味,不知谁开口,另一个人就可能冲上去。这么说,我在医院里见着唐庆芳以及二姨,并不是我想象出来的,二姨明显对我有气。

二姨始终没有对我说话,她淘好米后,把米和水放在一个小锅里,戳开煤灶,扇了扇,火苗蹿起来后,开始理藤藤菜。

我把鱼肚倒入盆里,专心用水洗净,在肚子那儿剪开小口。口不能大,大了,担心东西在里面会漏;小了,灌东西不方便。做完后,把红辣椒切丝,与盐和酱油在一个小碗里混合后,灌入鱼肚里;把青辣椒小心剖开一大口,取出里面的籽,将鱼肚小心地放入。

"看起来真好吃。"二姨突然说,她站在我的右边。锅里水滚开,她往水中放藤藤菜。

"二姨,这菜吃起来肯定比看起来味道更好。"我自信地说。

她看了我一眼,用筷子翻了翻藤藤菜,小心地挑在一个竹篓里,撒上一把盐,沥了沥水分,统统放入一个大碗里,把蒜瓣捣烂，放入其中，加酱油和一点点白糖，再浇上红辣椒油，拌起来。

看到灶空出来，我放上铁锅，倒上油，油冒烟后，爆姜片和蒜。灶台边有瓶五加皮酒，我拿起来，倒了一点在鱼肚上，放入有蒜姜香的油锅里。

十分钟后，菜饭上桌。

我和二姨相对而坐，两个人却没有举筷。二姨起身去拉亮电灯泡，灯不是很亮，却给屋子里添加了一层温暖的黄光。她的脸色和蔼，恢复以往对我宠爱的眼光，轻声说："你妈妈是不是专门教过你做饭？"

"我从小吃她做的，偷偷学。"

"我们几个人加起来，都不如你母亲会做菜。她做辣椒，会把辣椒里的籽磨成粉，单独混合面粉，再加鸡蛋做成面条，真的呀，我从未吃过那么好吃、辣到醉人的面条。"她感慨道。

"我们都吃腻了她做的菜，没觉得她做饭有多好。可是时间一久，都会想她的菜。"

二姨听了，半晌没说话，她也许是想到了儿子叶子，孩子吃母亲的菜都是那么挑。仅仅过了一会儿，她就说："那证明是真好吃。我的孩子，你哪个不吃我做的菜？看上去不好吃吗？"

我以茶代酒，举杯敬二姨，我支吾说："二姨，对不住！"

"啷个事？"

"我不该……"

"你不该啥，你说实话。"

"对不起。"

"你想说啥子？"

"我想溜进医院。"

"你没进去吧？"

209

二姨的话让我迷糊，难道她记不起她看见我了？我说："我想，溜进医院。"

"很好，你告诉我了。"

"我事实上进去了。"

"哼，你进去了？"

"你不相信我？"

二姨摇摇头，叹了一口气："讲讲，你靠啥子本事溜进去的？"

"我说了你也不相信。"

"其实我一直跟着你。"

我听了，吓得几乎要跳起来，我怎么完全没注意到身后有人，而且这跟踪的事，并不像二姨的做派。可能她在大门口看到我，也可能在那之前。我摇了摇头，她肯定在讹我。

"你跟着我买菜？"

二姨不回答这问题，冷笑了一声，摇摇头，看着我说："你妈过的日子，我过的日子，包括你自己过的日子，不是你想的那样，孩子！"

她举起茶杯："算了，给你说这些，你未必懂。我们吃饭吧。"

屋子里紧张的空气在她的话中松软下来。我们喝了茶水。二姨对着那鱼肚与辣椒动了筷子，她吃进嘴里，咀嚼着，看着我，吃了一大口饭说："真是比看着好吃一百倍，辣椒都乖乖待在鱼肚里，没漏出来。"

我夹了一筷子，吃在嘴里，跟我想象的一样：辣椒与鱼肚放在一起是绝配，鱼肚的腥味没有了，辣椒变得柔软，虽然还是巨辣。如果再加一层花椒粉，可能味儿更丰盈。我对二姨说了，她马上从柜子里找到一个小瓶子，抖了一层花椒粉。二姨马上尝了，开心地说："真是不同，好吃极了。"

二姨的藤藤菜我吃了一口，她做的这道凉拌菜跟母亲做的不同，母亲加了一点儿糖和醋，二姨没加，更合我不喜欢醋的口味。连吃两口米饭后，我的筷子又伸向藤藤菜。

看到我喜欢，二姨脸上露出笑容。

我们都属于吃饭很快的人，边吃边说家里情况。我提到我母亲快退休了，在外地的姐姐回重庆生了一个儿子，想扔在家里，但是孩子离开她就大哭。二姨说，带孩子太累。有人敲门，我以为是董江，跑过去打开，却是一个邻居，来借菜油的。二姨给邻居倒了一碗。我们回到桌前，继续吃饭，到结束时，董江还是没出现。二姨和他的关系有些怪。我想问，却没有开口。

吃完饭，我去厨房洗碗，二姨收拾桌子，待我返回，看到她从柜子里给我拿出被子和枕头来，放在双人床的里面，枕头与她的枕头并行。她说："你晚上与我搭铺吧，我就不去借弹簧单人床了。床下的拖鞋，你可以用。"

我点头。二姨说的是那种临时用的床，医院肯定有。

天很快就黑下来，我们垂下窗帘，屋里的灯光显得亮了一些。二姨家也跟我家一样，洗脸后，将就把这水倒入小木盆里洗脚。二姨不让我倒掉水，说她用我的洗脸水洗脚。

我先上了床。

想必是洗脚水凉了，二姨提着开水瓶，往小木盆里倒热水。她卷起裤子，坐在凳子上洗脚，闭着眼睛。我想起小时候在她钢厂红砖房的家她洗脚的情景，也是闭上眼，享受这一刻的安静。

二姨洗完脚，收拾好，关上门后，躺上床，在外侧躺下。我俩都不胖，这床两个人睡，并不挤。她放下蚊帐，侧过身来，摸着我的头发,轻声说:"乖孩子,好好睡。明早想吃油条和豆浆吗?我们医院食堂可以打。"

"我不想吃早饭。"

"早饭必须吃,你正在长身体,不然会晕倒,会贫血。"

她说完躺平,拉灭电灯。

渐渐地,她发出均匀的呼吸,打起呼噜来。我听着,跟小时候一样,心里好感慨,仿佛一切都回到了过去,她关心我,给我温暖。小时候我那么想与她亲近,现在也是。

我不可能从她的嘴里挖出半点秘密来,我意识到这点,心里叹了口气。我睡不着,轻轻坐起来,小心地越过她,分开床帐,下地。走到外面桌下,掏出我的背包,拿出笔记本和笔来,伏在桌上,一个字一个字写起来。

房外的夜几乎听不到任何声音,我感觉自己置身于一个特殊的世界里。突然门外有脚步,轻轻地,带着犹豫,卷裹着一些砂石的声音。我抬头,发现窗外正在飞沙走石,奇怪的是砂石并不往房内涌来,外面道路上的树被吹得歪七扭八。

我马上披衣,打开门走出去。天哪,这儿不是歌乐山上,而是二姨从前红砖房前的水泥混凝土街。我惊得张大嘴。在风中,我向前走。这儿真是从前,我小时候在钢厂的红砖宿舍,那时有一辆滑轮板车从我身后驶来,上面是那个英俊的男孩叶子。我期待着叶子出现,可是等待了好久,身后除了风声,什么也没有,我望着前面黑暗深处,可小街连个路人也没有。

我转身,走向二姨的房子,一切都跟从前一样,门前有个水槽,右边是小厨房,窗子还是绿漆。我轻轻推门进去,里面太黑,我站在那儿,等了一会儿,让眼睛适应了,这才看到屋子的陈设,外面一间,里面一间。我走过去,看到那张床,蚊帐放下来,床前有一双男人的布鞋，是董江叔叔的。原来他睡在这儿。我凑近蚊帐，听到了并不陌生的打呼噜声，的确是他！

我闭了一下眼睛，再睁开，风戛然而止，我发现自己在歌乐山二姨的房子里。我埋下头，继续写，把堆积在心里的一层层雾气揭开来。

1945年 重庆

在解放碑还是叫精神堡垒时，这一带算是重庆的中心，心心咖啡馆是中心的中心，整座城还有一个中心，就是曾家岩的周公馆。其实公馆的主人少有见到，它的左右，甚至楼下都住着要人或是雷子，馆外经常会有奇怪的人在走动。

唐素惠只是听说，但从未去过。她好奇，有一次路过，却是一个怪人也未看到，只有一个卖蜡梅的婆婆在。

这天下午，唐素惠穿着她新做的素花旗袍，与唐家姐妹到中心区逛街，去心心咖啡馆凑新鲜喝咖啡。三个人的旗袍都在同一家老店做的，却不是一个式样，唐玉英是蓝的，唐庆芳是红的，唐素惠是白的，她们都花掉了身上的积蓄。不过，高兴就好了，其他事不管。

三个年轻苗条的女子迈入心心咖啡馆大门，里面的所有人为之眼前一亮。她们在靠窗的地方坐了下来，彼此看着，三个人伸出手相握，很开心。她们点了三杯咖啡和点心。唐庆芳大声说，那个著名的公馆门前卖蜡梅的婆婆也是眼线呀，防不胜防。唐素惠耳朵上戴着心形银耳钉，捏了捏她的手，唐庆芳的声音放低了，朝她吐吐舌头。唐素惠对唐庆芳说："我喜欢这耳环，谢谢你。"

唐庆芳也握了握她的手。

唐玉英看了看唐素惠，说："你真的很适合。"她一直望着大门方向，突然说："在这儿，我觉得不太习惯。"

"有啥不习惯？"唐庆芳不以为意地说。

"我有个感觉，不太好。"唐玉英说。

"你不舒服？"唐素惠摸摸唐玉英的额头，有点烫。

"好像有事要发生。"唐玉英说，低下头来。"我一向疑神疑鬼，今天出门前右眼跳得厉害，左眼跳财右眼跳灾，可能是我想多了。"

"对呀，你想得多。少想点，啥事都会朝好事一边倒。"唐庆芳说。

这时侍者把三杯咖啡端上来，还有三份法式甜心，松松软软的，有奶油，有酥软的苹果片。三个女人喝着咖啡，唐庆芳说可以喝，唐玉英说太难喝，隔了一会儿，唐素惠吃了一口苹果，说嘴里满是香甜，这味道好特别，喉咙认了这咖啡，再喝，就觉得好喝了。唐玉英吃了点心后，便同意她的说法。

几分钟后，三个人做起梦来，说有朝一日要开家自己的咖啡馆，就叫三姐妹。这让她们顿时兴奋起来，说是要卖好多好多好吃的点心，比如辣椒甜饼。谁说辣椒不能当点心，不必放糖，水果本身的甜足矣，比如把香蕉、菠萝、杏子和苹果，还有桃子，跟辣椒组成一款款点心饼，馅里要多放一点儿菊花、玫瑰瓣儿，肯定好吃。想象那家悬在脑子中的三姐妹咖啡馆和辣甜的点心，她们的脸色红润起来。

一高兴，唐素惠便出题，让她们每人讲一道自己的母亲做过的最好吃的菜来。

她们约好，下次就做妈妈做过的菜，给大家尝尝。

这时，心心咖啡馆门外的大马路上，董江踩刹车停下。他下了车，走过去打开门，从车里走下穿着深蓝丝绸旗袍的凤小姐。她的珍珠项链在阳光下闪出奇异的光芒，她戴了顶礼帽，那插了一根孔雀毛，绿莹莹的，衬得她的皮肤白皙，长发扣在帽子里，像有摄影机对准她，她脚蹬一双红高跟鞋，走得那么光彩照人。二老板从另一辆车里走出来，马上护驾似的，跟在凤小姐后面两步，他身后又跟着几个黑衣保镖。二老板穿着长衫，戴着礼帽，脸色安静，那霸气咄咄逼人，明眼人都懂，他才是赫赫有名的人物，不要挡道，挡道者死。

这肯定是电影里最令人回味的情景，哪怕不是真的，有什么关系？唐素惠日后不止一次与唐庆芳、唐玉英说起。

那天凤小姐迈着轻盈的步子走进咖啡馆，她浓妆艳抹，因为在阳光下，眼睛眯起来，整个人显得异常神秘。男侍者引领她到专门留好的座位，她放下手提包，坐了下来。二老板在她的对面坐下，不显山露水的他，竟然叹了一口气。她的手绢掉在地下，便弯身去捡，没捡着。他蹲下来去捡，抖了抖手绢，仿佛上面沾满了灰，然后放在她面前。

"两杯不加糖的咖啡，奶酪拼盘！"二老板坐下后，对一边站立着的男侍者说。

男侍者点头离开。

凤小姐坐下，对二老板含笑说："谢谢。"

一个微微胖的男侍者来到桌前，说柜台接到一个找二老板的电话。二老板走到柜台接电话，嘴里没说什么，放下电话后脸色顿时发青，便走到门口抽烟。

小报上说二老板在外面抽烟时，凤小姐进了洗手间。

那些保镖走到门口。整个大街人来人往，热闹如常。突然一辆黑车经过咖啡馆，车速放慢，三把枪从车上射出子弹，打中了二老板。他踉跄一下，倒在地上，死了。

小报这样说并不全对，咖啡馆里三个年轻女子看到的那辆车里只有一把枪。几个保镖马上掏出家伙，射击那辆车，有个保镖抱起中枪的二老板，进了一辆停在边上的车子，飞驰而去。

另一家小报说凤小姐在咖啡馆，枪响后，她没有出咖啡馆，洗手间的地板上有散落的珍珠，凤小姐从人间蒸发了。

这是奇怪的事。

同一家小报认为二老板是制造这桩怪事的幕后黑手，目的是要除掉凤小姐。为什么要除掉她？因为她知道的事太多。这家小报当天就被一群人砸了门面，他们打伤了写报道的记者。

当天好多人被抓，包括心心咖啡馆里的客人和侍者以及街上的路人。

三个年轻女子坐的位置正好斜对着咖啡馆的洗手间，她们的记忆中没人看到凤小姐去洗手间。

枪声响时，唐素惠的反应出奇地快，趁乱在第一时间对另外两个姑娘喊："快跑！"随后她冲出咖啡馆大门，跑掉了。

整个下午和晚上，居然没人找她。

第二天唐素惠专门上街买小报，想知道咖啡馆发生了什么。可是从小报上读不到什么新东西。一整天她神思恍惚，傍晚，她走到凤小姐的别墅。别墅前门有几个强壮的年轻男人，一看身上就带着枪。

她往坡下走，绕着道到别墅后门，那儿一般人不会发现。她站在那儿，不敢叫唐家姐妹的名字。等待的时间里，有卖豆瓣酱的小贩经过，小贩是一个四十岁的女人，戴着破草帽，挎着篮子。唐素惠急中生智，过去跟小贩说好话，说家姐在家里被男人家暴，前门被人守着，她没办法，想去找她，看她情况如何。小贩看了看她，同意帮忙，把行头借给唐素惠用，自己在街尾蹲着。

唐素惠走在小道上，扯开嗓子叫："卖豆瓣酱，不死鸟的豆瓣酱！"

靠近别墅后门时，她又叫了几声："不死鸟呀，不死鸟！"

果然，稍后几分钟，后门的门缝露出一线隙来，是唐玉英，她听出了唐素惠的声音。两个人看到对方很激动。她从唐玉英那儿得知，原来二老板没死。唐庆芳、唐玉英都是出咖啡馆时被抓的，他们也抓了董江，但问不出名堂。董江将车停在咖啡馆左侧，一直坐在车里，而且是他开车送二老板去了医院。二老板对他们三人特别关照，把他们送回别墅，不过派专人守着别墅大门，说是保护他们。

二老板回别墅了，手上缠着绷带，胸口也有绷带，铁青着一张脸。都说他得罪日本人，他下令暗杀的汉奸太多，也对地下党不客气，抓了杀了好多。可能是他们报复？但他只害怕一个人，那就是老蒋，老蒋对他不信任，任由中统打压他。没准这一切的后面是中统指使。可他没有证据，只是揣测。

"姐姐呀，你尽快离开。我们这儿有人盯着。"唐玉英说。

唐素惠摇头，她坚定地说："我不会不管你们的，我要让你们自由。"这是表白，也是安慰，这三个女人并不知道接下来什么事会在她们的身上发生。

两个女人的手紧紧相握。

她将竹篮和头巾还给卖豆瓣酱的小贩，就下山了。

5月后，重庆便很热了，平常穿一件就可以，这两天天气陡然降温，下着毛毛细雨，要穿外套。唐素惠选择在傍晚去凤小姐的别墅，远远看到她穿了件灰衣黑裤，戴了一顶斗笠，站在一棵老黄葛树下。前门依然有人守着，多增加了人手。唐素惠不敢造次，没有找唐家姐妹。她只是在想，怎么能让他们安全离开那儿，应该如何办？

三天后的清晨，唐素惠被一阵敲门声惊醒，披衣去开门，门外居然站着冰老师，一身是血地看着她，很安静。这让她内心惊异到极点，整个身体战栗起来。

他一般早上出门，晚上必回。只是这些天自己竟然没有注意他何时出去、何时回，他到底是在家，还是在楼上房间写稿子。昨晚楼上没有动静，自己为什么没跑上去看一下？现在想来可能是地板夹层有耗子在跑动而已。

冰老师用手去拂额前的头发，他的身体晃了晃。出于本能，唐素惠赶紧向前，伸手抓着冰老师的右胳膊，要检查他的身体。

他拍拍她的手，说："放心，我没受伤。"一步跨进屋，急忙关上门。

她心里顿时松了一口气，赶忙端来热水毛巾和干净的衣服。

冰老师拿了衣服，她急忙走进自己的小房间里，一直到听到他上楼的脚步,她才出来。冰老师在楼上房间折腾,不到五分钟,很快便下楼来,把血衣和一堆纸片拿到灶坑里点火烧掉。做完这一切,他又上楼,提了个帆布箱子下来,对唐素惠说:"我马上离开,你也要离开这儿。幸亏你什么都不知晓。你回到江津吧,到时我会派人找你。"

他掏出两块大洋给她。

她点头,接过来。

冰老师抓了顶墙上挂着的帽子,扣在头上,拉开门,走了出去。屋里突然涌入街上的晨雾来,早上六点,房里房外静寂无声,完全听不到任何人的脚步声。

唐素惠的眼睛盯着关闭的门,不知时间过去了多久,她才慢慢移动自己的脚。自己竟然没有穿鞋,赤脚站在那儿,墙上的圆镜里,她头发乱乱的,衣服乱乱的。这是哪码子事?这房子是冰老师租的,未到这年租期,安全起见,她只能回到江津。

不行,她不要回去。

当初从那儿离开,她在剧场做杂工时遇到冰老师,冰老师在戏场后门抽烟斗,她提着一桶水,撞上他。他跟她说话,觉得她模样青春活泼,眼神带着乡村的忧郁,他问她对演戏感兴趣吗,她摇头。他问她从哪里来,识字吗,她说她识字,读过几年书,之前在江津一个小学教过低年级的学生。冰老师又问她会不会做菜,她点点头。

"那会做下江菜吗?"

她说会。

"说说,怎么会的?"

她说当时在江津,学校厨房的阿姨是下江人,教过她。冰老师一听,很满意,他是浙江天台人,便让她到家里料理他的家,做做饭，抄抄戏文，洗洗衣。她以为他是需要她的，虽然两人的关系很单纯，从未往男女关系上靠，他也几乎从未带过女人回来。他对她很像大哥对小妹。在这儿一年多，她已经熟悉了这种生活和周边的一切，这是她的生活，这个小小的房子是她的家。

她没什么家什，只有几件衣服，一件讲究的旗袍，一双高跟皮鞋，梳子和胭脂粉，还有床边几本冰老师送给她读的俄国小说，这是她的宝贝。她上楼梯，冰老师的房间平常很整洁，现在乱七八糟，看得出来是因时间紧迫慌张造成：床上床下扔着衣服，书桌上有几支笔和空白笔记本，纸散着，地上也有。桌边是墨盘和毛笔，墨水弄得桌子上到处都是，好几本外国小说摊在椅上，椅背上搭着一件外套，床底下的草编拖鞋、塑料雨靴、斗笠都被拉出来。

她开始第一次走上楼时，这房间就是这副样子。男人一个人生活，是可怜的。她是不是从那时就叮嘱自己要多关怀他呢？

她开始整理起来，拿起桌上一把折扇，放在瓷瓶里。阳光照射进来，打在桌子上，窗外的鸟儿发出清脆的鸣叫。她动了动脖颈，站了起来。敲门声响起。完蛋了，他们这么快就来了。她跑下楼梯，打开门，门外站着两个男人，一个瘦高个，一个大块头。

瘦高个满脸堆笑地问："冰老师在吗？"

"他去戏场了。"

"我们才从那儿来。他不在。"

她"哦"了一声。

他们大摇大摆走进来，环顾四周，瘦高个坐下，大块头走上楼梯，在楼上房间翻东西，发出各种声音。

唐素惠抬头看楼梯方向，站在楼梯口，生气地说："唉，啷个随便翻人家的东西？"

"妹儿，你坐下。"瘦高个指着面前的凳子说。

唐素惠坐下。

"我们知道你是冰老师的保姆,我们不难为你,你把你知道的告诉我,就行了。"

唐素惠抬起头来,看着对方,他脸上有块蓝疤,像是胎记,在右侧靠近耳朵那儿,有两个指头那么大。

"他最近跟什么人往来?"蓝疤问。

"你肯定晓得,问我做哈。你们是啥子人?"她说。

对方的拳头握了起来,但还是松开了,从身上拿出一张照片给她看。上面是一个生有胡子的中年男人。

蓝疤问:"他昨天在死人现场,那个人躺在舞台上,全是血,死得硬硬的。听说这个人当时在心心咖啡馆,有人看到在那儿。有人说冰老师是南京方面的人,也有人说他是共产党,帮我想想,这照片上的人在哪里死的,怎么尸体会在冰老师的剧场?"

"是冰老师吗?"她问。

"死的不是他。"

"他化装成哪个样的?"

蓝疤居然笑了,摇摇头。

"但愿不是冰老师,我不想他死。那死的是啷个?你想一下,死人会走路的,从心心咖啡馆走路到剧场。"

"我要你想!昨天晚上,你知道冰老师在哪里吗?"

"他在家。"

屋子里并不热,蓝疤额头上冒汗,他盯着她的眼睛问:

"凤小姐,你认识,他也认识,对吗?"

她点点头。

"除此之外呢?"

"还有二老板,冰老师也认识。"

"还有呢？"

"还有什么？"

"你还认识他们的什么人？"

"我是下人，我不认识什么人。"

蓝疤不说话了，他在屋子里东看看西瞧瞧，在灶口看，还好那儿烧掉的纸和衣服早就全被她捣碎进煤炭灰烬里。他看到边上垃圾桶里有团纸，打开一看，是一张小报《迷惘》，他放在她面前，问："这个东西，你怎么会有？"

她看了一眼，报纸边角破烂，还有一摊血迹。她记得自己给冰老师带过这东西，她不知道冰老师用这报做什么，她内心很迷茫，但坚定地说："这不是我们的东西。"

蓝疤一直盯着她的眼睛，脸凑近了，手按着她的手腕，把着脉厉声道："真的不认识这东西？"

"不认识，先生。"她回答，心跳照旧，身体没有动。

大块头从楼梯走下来，对蓝疤摊摊手，表示没有收获。

"好吧，看来他真的没有回来过。他的事，也不可能告诉你。"蓝疤的嗓音有些不快。

"你松开我的手。"唐素惠说。

蓝疤看了她一眼，松开手，冷冷地说道："你就待在这儿。别想跑，跑到哪里我们都能抓着你。"

两个男人打开门，走了出去。

唐素惠将桌子上的杯子拿起来，将茶壶里昨天的剩茶水全部倒入嘴里，这时绷紧的身体才松弛下来。他们并没有真正对她动粗，他们是二老板的人？那个垃圾桶之前是空的，冰老师不会这么不小心。那份《迷惘》小报，没准是蓝疤故意栽赃给她的，吓唬她，若她参与了，就会露马脚。小心呀小心，唐素惠，你千万不要说错话，害了冰老师。

她正在想，这时门被推开，三个男人气势汹汹走进来，都短打扮，一身黑衣。他们打量四周，留胡子的人守在门前，另两个年长一些，一个戴着帽子，一个胖胖的。他们开始翻箱倒柜，楼上楼下没什么家什，一会儿就折腾完了。胖子端来一个凳子，对着唐素惠说："刚才来的两个人是做啥子？"

唐素惠说："你觉得他们是谁？"

门口上那人说："大哥，肯定是军统。"

胖子一脚踢倒凳子，嘴里说："哪个叫你吭声了？"他抓着唐素惠的头发，她疼得大叫起来。"说，他们是谁，来问你什么？"

"我不知道。你松开我。"

对方仍不松手，把她往墙上撞，她几乎昏过去了。

她走在一条平坦的路上，周围好多自行车。怎么可能？山城少见平路。过了平路上坡时，她看到几个女人一人把一辆自行车扛在肩上。其中一个女人的背影是唐玉英。昨晚做的梦清晰地出现在她脑海，这意味着别墅那边的情形比她了解的更糟。

胖子盯着她的眼睛，松开手，她的眼睛看向胖子，胖子抿了一下嘴唇，问："你叫啥子名字？"

"唐素惠。"

"啷个认识冰老师的，啷个认识凤小姐和二老板？听说前些日子你还参加了一个做饭比赛。"

唐素惠一五一十照实说。她的声音先有些干涩，后来就坦然了，该发生的，就会发生。她说到自己做的辣椒，说得非常仔细。胖子吞了吞口水，没打断她。待她说完，他点点头。

"你说得倒是跟我们掌握的情况没走样。"

"你晓得,那问我做啥?"

"我们无聊呀,没事做。他们问你哈子?"

"问冰老师在哪里,说是剧场死了个人,问我认识不。"

"那你怎么说的?"

"我刚才告诉你,我不晓得。"

胖子嘴角一笑,说:"二老板,人人都怕他,我嘛,死猪不怕开水烫,不怕他。我倒是有兴趣告诉你凤小姐的一些事。"

"凤小姐的事?"

"比小报精彩。"

唐素惠没有表现出兴趣来。

胖子眼神怪怪的,继续说:"凤小姐有个厉害的母亲,从小限制她自由,她一心想离开家,就偷跑出去报了电影公司,从演配角开始做起。后来她认识了男友费志,两个人开始同居。到香港演戏后,她终于有一天当了主角,从此星途顺利,越来越红,二老板也开始追求她。有一天在戏园子,中间休息时间,一个生得英俊的陌生男子甫先生,到化妆室与她搭讪。男人号称是她从前的同学。他知道她的上海男友费志常暴打她,她对他没有办法。她不承认。甫先生说,可以替她杀了费志,条件是她替他杀了她情人——军统头子二老板,他手里沾了太多人的血,必须除掉。"

胖子停下,问唐素惠:"你认识甫先生吧?"

唐素惠机械地摇摇头。

胖子接着说:"凤小姐拒绝了甫先生的提议,甫先生说希望她再考虑,他知道她的秘密,比如她在香港做过高级妓院小姐,在那里学会了性手段,让男人离不开她,她也因此成为电影主演。凤小姐很生气,说你没有证据。甫先生说小报记者会对她这种事感兴趣的。她看着甫先生，把化妆间的门打开，让他离开。后来凤小姐与男友费志离开上海到重庆，船过三峡时，在船上她遇到甫先生，甫先生不知是怎么搞的，从船上掉下江里。费志当晚告诉她，他知道甫先生的存在，甫先生可能不是共产党的人，可能是为日本和中统服务的，是双料间谍。船过忠县，费志与她站在船头说，他知道凤小姐此行的目的，而且甫先生掉下船时，他在现场。他愿意放她一马，条件是她要为他工作，给她的外号叫蛹君子。"

"所以，凤小姐就是蛹君子。你不知道？"

"我听得云里雾里，你讲的比小报还精彩，小报不靠谱，你比小报更不靠谱。反正我不懂你们的事。"唐素惠对胖子说，"我是一个下人，你找别人打听你要的东西，不要在我这儿浪费时间。"

"我看你老实。其实呀，冰老师有个剧本，写的就是这类故事。"

"原来你是看了他的剧本，才这么说这些事？"

"没错，我就是把里面的人物换了名字和身份。"

"先生，你去问费志吧。"

"费志早就被军统弄得连堆灰也没有了。"胖子突然站了起来，看着唐素惠，"唐姑娘，你回忆一下，这几天你去了哪里？"

唐素惠心里一迟疑，但还是咬着先前的说法不松口。

"我们没抓你，说明我们很仁慈，你回答我，这几天你去了哪儿？"

唐素惠说自己几乎足不出户，冰老师没回来，也没有他的消息，晚上散心时她几乎都去凤小姐的别墅，但进不去，因为那儿守着人。她嘴上这么说，心里却在想，这两个家伙肯定跟凤小姐门前的人不是一路的，不是军统的。二老板是军统的，而这两个家伙刚才不小心漏出的话告诉她，蓝疤是军统的，跟凤小姐门前的是一伙的。

"好吧，你去山上别墅看稀奇。"戴帽人坐下，一只手在桌子上敲打着，"你们这些地位低下的人，哪个会去心心咖啡馆？这一定有阴谋。"

唐素惠不依了，反问："下等人就不能去心心咖啡馆？"

胖子插话："你们没有钱，竟然穿着高级的旗袍！别把我们当傻瓜。"他指指守在门口的黑衣人，"当时我俩就在里面坐着。"

"是吗？原来你是上等人，你该去心心咖啡馆！"唐素惠说。

"日妈哟，这女人不要命了。"胖子边上一直没吭声的戴帽人一个巴掌甩过来，在她的左脸留下红手印。

唐素惠痛得捂着自己的脸："我没乱说，你们可以去那儿，我当然就可以去。是人都可以去！"

这话叫胖子笑了起来。那戴帽男人冲过来，被他一个手势阻止，那人就靠窗抽起一根烟。

唐庆芳从上海来，她跟凤小姐待的时间长，喜欢看戏，跟着凤小姐学，学得惟妙惟肖。凤小姐夸她说她可以上舞台，演凤小姐的B角。

出事当天，二老板回到别墅，拿了东西，便匆匆离开。别墅里的人一个都不被准许离开。二老板气得脸歪了，他很失面子。凤小姐有可能被人暗杀或是抓了，他发誓，把重庆城翻个转，也要把凤小姐找出来，哪怕是她的尸体。

别墅的园丁和清扫卫生的用人每天上白班，别墅封闭后，他们进不来。在里面的只有唐家姐妹和董江三个人。三个人想过很多办法，都没有用，跑不掉，若被发现，结局只有一个：被毙掉。可要是不跑，早晚也会是这个结局。唐庆芳便跑进凤小姐的浴缸泡澡，她不管明天是什么，洗完澡，她又打开凤小姐的衣柜前，打开，挑选了一件深紫色旗袍，对镜穿上。她又把头发盘在脑后，喷了好些凤小姐的香水。

唐玉英在走廊里看到唐庆芳，倒吸了一口凉气，以为那是凤小姐。

唐庆芳没有脱下凤小姐的衣服，她走到窗前，在那儿拉窗帘，外面守着的男人们不是瞎子，都看到了。当天夜里，唐庆芳大胆到连她自己也不敢相信的程度，她躺在凤小姐的床上。她知道接到消息的二老板一定会回来。果然，她听到二老板进花园的声音、上楼梯的脚步声。他一身酒气，连衣服都没脱，就解了皮带，把唐庆芳的衣服拉掉，把她翻了个身，从后面干了她。

他大叫着结束，一身是汗，到书房抽烟。手下人说凤小姐出现在别墅，本来他不信。现在呢，他冷笑了。有消息说凤小姐来山城的目的就是刺杀他，只是一直没得手。可她看上去不是犹豫的人，日久生情？二老板怀疑一切人，也不会不怀疑她。他行踪不定，几乎不住在别墅，从不事先打招呼回来，走时也如此。不过那次在心心咖啡馆险些遇害，不能怪她，是他突然提议要去那里。

胖子讲完这个故事，看了看满脸惊异的唐素惠，笑着说："可是凤小姐居然玩了个调包计，用另一个女人假扮她，跑掉了。"

"她哪个跑掉的？"她问。

"你问题真多。"

"讲讲吧！"

"趁乱跑掉的。"胖子说完大笑起来。

"不可能。"她较真起来。咖啡馆洗手间她去过，那里有个小窗户，跑不掉人，后门有二老板的人守着。只有一种可能性，就是化装成一个侍者，或是扮成一个男人。凤小姐是演员，轻而易举。

这个想法，她没讲出来。

胖子看着她，手又在桌子上敲打，发出一种噪声："反正凤小姐溜掉了。"

"你讲的故事好听。"

"我可以顶替冰老师编戏了？换一个职业，也是可以的。"胖子说。

唐素惠没吭声。

"好吧，"胖子拿出一张卡，放在桌上，"我看你很累，你要是想起什么事，就给我打电话，将功补过。"

这让她不知所措，一般遇到这种人，皮肉都会受罪，一身弄得红红白白，他们怎么放过自己了呢？想必是他们在等什么，也许会有人来找她，她是饵，用她钓一条鱼。

胖子走到门口，停了停，对守门的黑衣人说："带走！"

屋里的戴帽人摇摇头。

"老大，留下她？"门外的黑衣人问。

戴帽人点头。

这是一个多么饥饿的夜晚，从早上到现在，唐素惠几乎没有吃一口饭，也没喝一口水，她虚弱极了，甚至关门的力气也没有，就顺墙坐在地上。她想象唐庆芳穿着凤小姐的旗袍站在窗前拉窗帘的样子，唐庆芳能做到和凤小姐一模一样，没准她会手里叼一根烟，站在那儿，凝视远处的街景。我能演凤小姐吗？很难，但也不是不可能。她在剧场看多了，冰老师说，观察细节，把细节做足，就可以演出你心中那个人来。

唐庆芳站在窗前抽烟，她准备好了一切。二老板半夜神秘地回到别墅，走进卧室，在黑灯瞎火中，与这个假凤小姐交合，她迎合他，不像凤小姐总是不情愿的，这也可解释，她心中有愧，将他的行踪出卖给别人，这点她是怎么做到的？她敞开身体每个部位，让他欢畅。他要了一次又一次，一直控制着不达到高潮。对一个女人身体的好奇，是他身体的本能，他摸到她的乳房，小巧，像桃子，这是崭新的，她在他身体下叫了一声，并不是他熟悉的唱歌似的长吟。他持续进入她，把她抵到狂叫，到达高潮后，他倒在床上。他没有开灯，什么话也没说，手触及她身体下，是水，他伸手过去，静静躺了两分钟后，披了衣服，一言不发地离开了卧室，到书房坐下，他看见自己手上的水，是血一样的东西。此女还是个处女。他取了一根雪茄，夹掉头，按响打火机，抽起来。

这是唐庆芳生平的第一次，她害怕极了，观察着，她知道二老板不会不清楚自己并不是凤小姐，自己只有死路一条。

但这是凤小姐给她下达的命令，要她用一切办法拖着他，给凤小姐出重庆城的时间。她只能听从，当初凤小姐装作不知自己并非蝶妹妹，翻手覆云，让她跟了她，改变了她的命运，她得回报她。凤小姐之前教她，男人嘛，首先要让他尝到性的刺激、快感，不可以当即被抛弃，甚至被杀。凤小姐保证会寻求合适时机，来解救她。二老板手里有表姐唐玉英，还有她唐庆芳从骨子里爱着的男人董江。她不知这是一条不归路，走了，就只得硬着头皮往下走。

有意思的是，二老板第二天没跟她打照面便离开了。当天夜里，他回来，爬上她的床。他不跟她说话，干完，就到书房，要么离开，要么就在书房的沙发上睡觉。第三天也是这样的情形。

第四天天边浮出鱼肚白，第一束晨光出现，二老板穿衣后，叫醒司机和三个保镖，乘自己的车下山，他坐在后排中间位置。在一个三岔路上，二老板看到一个戴礼帽的俊秀青年男子穿过路，朝边上的巷子走去，那男子走路的姿势像一个女人，婀娜多姿。"凤小姐？"二老板叫出声，马上叫车子停，并伸手打开右侧车门。那青年男子突然停下脚步，朝车子里扔出手榴弹，顺势跳下边上的沟子里。车子轰的一声爆炸，车里一片血污。俊秀男子从那沟里起身，跳到地面，查看在冒烟的车，司机和坐在前排的人死了，后排左边位上的保镖，手动了动，想打开车门。男子朝那保镖补了一枪。浑身是血的保镖压着二老板，男子把保镖推开，发现二老板已死，手放在他的鼻孔，没有气息。男子收了枪，朝坡下走。

突然二老板睁开眼睛，举枪朝男子射击，男子倒在地上。

二老板从车里钻出来，手提着枪，跟跟跄跄到那男子跟前，揭掉他的帽子，一头长发露出来，果然是凤小姐，她濒于临死前状态，呆呆地看着二老板。

"蛹君子！我等你好久了。"二老板笑了，正要开枪。这时，凤小姐伸手拉着他，举起手中的刀，刺入他的心脏位置。

三岔路口左边的巷子拥出三个黑衣人，那是胖子和戴帽人的脸，在面前摇晃着。这时枪声响起，他们应声倒下，凤小姐的视线里，又出现几个狂奔而来的男人，其中一个是伍老板。

他们蹲在受伤的凤小姐的面前，把她弄上一个滑竿。这时雾起，像江上的雾，缠绵不尽，带着咸味，那来自江之尽头。

凤小姐和唐庆芳是一年前在长江的船上遇见的。

那时唐庆芳刚从一个师范学校毕业，想去大上海找工作。她搭船只能坐五等舱，也就是底舱。她听说在上海吃不到特辣的辣椒，就带了好多新鲜辣椒。辣椒洗净了，但是没有晒干，有水分，在一个纸袋子捂着，就生了霉。她气自己愚蠢，便拿着纸袋跑上一层，那儿人太多，她又上了一层，到了船的顶层船舷，把所有的辣椒往江里倒，她的一头长发在风中飞舞。

一江都是红辣椒，在波涛中沉沉浮浮。凤小姐戴着墨镜，正靠着船舷抽烟，看到辣椒，再看到撒辣椒的女子。好奇心让她走过去，问唐庆芳是不是蝶妹妹。

凤小姐仪态万方，全身装束都像大明星，唐庆芳一眼就认出了。虽然她不是蝶妹妹，但她没否认，也没承认。就这样，凤小姐要她搬到一等舱，她包了其中一个舱其他几个铺位。在这艘船，谁是凤小姐要接头的蝶妹妹呢？不知道。凤小姐没有问，唐庆芳也没解释。

就是这天，她认识了董江。他是凤小姐的司机。她听说有个费志跟着他们，可是打她相遇凤小姐那一刻，费志就不在。凤小姐没有提过。

他们一行刚从重庆坐船回上海。

1983年 重庆

我睡得正深,被人推醒。睁眼一看,是二姨,她手里拿着一个笔记本,摔在我跟前。她转身,去取墙上医院的白衣白帽。

我起身下床。"二姨,既然你看了我写的东西,你说说我写得如何?不要生气。"

她把帽子套在头发上,站在原处,好久没动,屋里灯泡投射下来昏黄的光。待她转过身来,情绪已不像刚才那么激动。"孩子,你的想象力惊人,你妈妈给我看过你的诗,诗很黑暗,无边无际,我喜欢。但你写的故事比诗黑暗,更加无边无际,很可怕,我不喜欢,我劝你最好撕了它,你妈妈不晓得你写的这个吧?"

我摇了摇头。

"真的惊到我了!"

"我妈妈啥子也没告诉我。我保证。"

"我相信。"

二姨朝房门走过去。窗外天光暗黑，柜子上一个小钟显示才五点半。她开口说："跟你写的不同，谁也没想到唐庆芳会那样做。那些天那个人都回到别墅来了。那个人走后，她……她……"她说不下去，等了一下才说，"他们给她用了最厉害的怀孕酷刑，要找出刺杀二老板计划背后的人。"

"生孩子酷刑？是不是'生小人'？"

二姨点头："你哪个晓得？你妈妈给你说的？"

"不是的。"

"我想你妈妈不会给你讲这么可怕的事。"

我请二姨讲。二姨看了看我，说这种刑，是在女人的上面和下面都插管子，打入水，让肚子胀起来，比生小孩还痛苦，不死也得脱三层皮。他们给唐庆芳用了这刑。二姨埋下头，泪水含在她的眼里。

我读过一本介绍20世纪40年代国民党酷刑的书，书里说到这种酷刑是军统对付日本女间谍的手段，没人能受得了这刑，非常有效，用了这刑就没有不招的人。受刑的人，对痛的忍受程度不同，但最后结果都一样：麻木昏死过去。像歌乐山下的白公馆、渣滓洞的地牢，刑讯洞，对付抓到的共产党、民主人士，设置戴重镣，坐老虎凳，吊鸭儿浮水，夹手指。著名小说《红岩》讲到女主人公江姐的双手被绑在柱子上，一根根竹签子从她的手指尖钉进去，裂成无数根竹丝，从手背、手心穿出来，江姐昏死过三次。

我问："那受刑后，唐庆芳说了吗？"

二姨说："她始终咬定是她一个人所为，保护了我们仨，我们没事了。"

我没想到这个被关在疯人院的女人曾经如此刚强。

二姨说："她说自己喜欢上二老板了，他不在乎她，她只能扮成他喜欢的女人样子。但是他占有了她的身体和灵魂，没隔多久，就抛弃了她。她要报复他。"

"他们会信？"我问。

"生孩子刑都受过了，都没改过供词。没办法，后来她被扔到渣滓洞监牢里。"

"那她一直被关在那儿？"

"二老板的顶头上司一年后飞机出事了，就没人再管她的案子。后来，她被神秘人保释出来。"

"神秘人？"我脑子翻找可能出现的人，"不会是凤小姐吧？她不是死了吗？"

二姨笑了："孩子，我什么时候承认过那刺杀二老板的人是凤小姐，就是你问你晓得的任何一个人，他们都不会说。不过，不死鸟，我小时在忠县的确见过，灰灰的，能飞到很高的山上，沐浴在早上的阳光中，色泽会变化，它像唱歌一样鸣叫，很好听。"

她说完，打开门，离开。

我走到门口，看着二姨的背影，她那么瘦弱，昔日的美貌和青春都不复存在，她走得缓慢，渐渐淡出我的视线。那天刺死二老板的不是凤小姐，那会是谁？唐庆芳和唐玉英都在别墅里，那么只可能是唐素惠，我的母亲，那个后来靠出卖体力劳动养家糊口的女人——天哪，这绝对超出我的想象，完全不可能。

让我理清一下思路。唐素惠，一个从忠县跑到重庆城的乡下女人，在1945年，也就是三十八年前，如花一般的她，怎么可能杀死二老板及其手下？如果是她，有万分之一的可能性呢，她是怎么做到的？

街上有公鸡在叫，我很久没有听到这种叫声了。小路上出现行人，他们是去上早班的，脚步匆匆。我站在原处，我的脚与母亲的脚同码，都是37码，但我的脚挑鞋，穿新鞋脚会痛，所以我会将新鞋带回家，让母亲穿旧。她穿上，上坡下坎如履平地。现在想来，她也痛，只是为了我，她不吭声，直到把鞋穿舒服为止。

雾气从山下飘来，我走回房里，分明看到母亲在造船厂江边抬氧气瓶做苦力的样子，她抬起头来，脸上脖颈流淌着汗水，江上的雾从她身上，从她身边同样的下力人身上经过。一束束阳光透过云层照射下来，轮船在江上行驶，尽情鸣叫。

1945年 重庆

在枇杷山底那个破旧的小房子里,冰老师不知去向,自己在乎的三个人被软禁在山上花园别墅里,而又有人监视自己,唐素惠急得在楼梯上上下下,走了很多遍。不行,得给自己下一碗小面。

灶里留的煤饼火种熄了。她决定用柴火,柴火灶在房后的那个树边,是她用几块石头搭的。她把铁锅搬到上面,放上水,划火柴引燃旧报纸,放上易燃的干树枝。这时两个路人经过,问:"小妹儿,做啥?"

"做吃的。"

她从房里取了一把剪刀,剪种在墙角的小葱。小葱是用生芽的葱头种的,长得不错,密密一排,还有青菜叶子,是小白菜,她也摘了些。离得最近的邻居,住在四十多米外的一处砖木结构的房子,她从没见过房主人,偶尔传来孩子的欢叫声,两幢房子之间有一个不太高的院墙。她看了看,返回门前。有四个抬滑竿的人坐在巷子口。他们是抬工,中统或是军统留下的便衣。

"不行,我必须在死前吃一碗最好吃的小面。"她对自己说。这要求绝对不过分。

她剥了五个蒜瓣,放小小勺盐,一分钟不到,就捣烂了。篮子里的姜,切了几片,切成细丝;抓制成泡菜的生姜和酸萝卜切成细丝;油辣子油一打开,有股香气,让胃马上舒展开。她准备一个大的土花碗,将这些佐料放入,撒上花椒粉,放上猪油、小葱、芝麻花生末和少许酱油醋,放点盐和味精,再撒了几粒黄砂糖。

唐素惠把桌子擦净,用铁锅烧开的水泡了一壶老鹰茶,放在桌上。她取了一双筷子,从碗柜里取出带碱的干挂面,来到屋外铁锅前。

先往沸水中放青叶子菜,回房取来盛了调料的磊花土碗,捞起青叶子菜,放入碗里。往水里下挂面。扔下少许盐,轻轻搅动一下,锅里一会儿沸了,浇上冷水。锅再沸时,飞快地挑面,面筋道,用筷子将面在碗里顺势一叠。这才用一块石头压灭柴火灶的火苗。

她小心地端面碗回房里,搁在桌上。房间很静,窗外飞来几只鸟,走在窗台上轻巧的脚步声都听得见。她朝它们笑了一下,双手放在胸前,祈祷。

她这才用筷子去搅拌面条,所有调料混合,发出一种特有的香味,她咽了口水,挑起一缕面,放入嘴里。比她想的还好吃,什么味都有,她的眼泪掉在碗里,心中的火焰上升。

吃完面,她在自己的房间,准备换上干净衣服,她脱光所有的衣服,在小小的方镜里看到她的部分身体。长这么大,她没有跟一个男人有过肌肤亲热,也不知道与男人交合是什么滋味,为什么非得是男人?她爱一个人,那个人好看的脸浮现在眼前,她与她来自同一个地方,她最后握着自己的手,湿热,充满了情意。她想到在别墅后门，自己向她的承诺，要帮她，要让她自由。她躺在床上睡着了，足足睡到夜幕完全降临。她把自己所有重要的东西都收拾好，用一块衣服包裹好。她先把东西从窗子放下去，打开大门，发现那些抬滑竿的人居然靠着滑竿睡着了。

她轻轻关上门，从房外窗下拿了包袱，看着邻居家黑灯瞎火。她决定从那儿走。先翻墙到邻居家，从那儿轻手轻脚朝前走。

停栖在窗台的几只鸟飞腾在空中，它们没有叫唤，跟随她飞了好一段路。她不时回头，确认没有人跟踪她。

当她来到那家好吃的牛肉汤小馆子时，已是午夜时分。这儿已打烊了，整条巷子黑黑的，不远处那个老四川牛肉馆也闭门了。她有信心找到这儿，走路的好处是边走边看，看那两拨特务是否跟着自己，而她心里的计划更加成熟。

她敲门。

小伙计打开门，一看是她，问："小姐，你找哪个？"

"伍老板。"她答道。

"他不在。"

"冰老师让我来。"她不得不撒个谎。

小伙计看了看她，说稍等。关门。她站在门前，夜风吹来，不热。她把头发用一根橡皮绳系在脑后。这时门嘎吱一声开了，小伙计头一偏，手一伸，请她进。她走进去，发现伍老板坐在黑暗中，而且冰老师也在。唐素惠吓了一跳。虽然他穿了一件大黑褂，戴了另一副眼镜，外人肯定认不出他来，但她认得。

"为什么撒谎？"冰老师问。

"不然，你们不会让我进来。"

"说吧。"冰老师说。

她转向伍老板："那天，你应和我在心心咖啡馆见面，对吧？"

"你认出了我。聪明。冰老师，这姑娘你调教过，就是与众不同。"

"你们要做的事，也是我要做的。我有一个想法，请伍老板听听。"

这个夜晚跟别的夜晚相同，闷热潮湿，但这个夜晚因一个女人详细的计划，便跟所有的夜晚不同，充满了危险和期待。当唐素惠开始讲这些天她想过无数遍的事时，这完全超出了面前两个男人的认知，包括两批到家来的特务们的事。他们站起身来。

唐素惠并不知道唐庆芳跟二老板的事。二老板罪该万死，只有这个人在别墅外有意外，那软禁在里面的人才能脱了干系。她只是每天去花园别墅，知道二老板不定时回来，不定时走掉，如果在山下采取行动，不太可能成功。不如在山上，选择他的必经之路。他一向小心，无法在车里装炸药，很难算准时间，那么用手榴弹或许可以？如果威力不足，再补杀。

伍老板说："那你随时会死，会被自己炸死。"

"我愿意！"

那条下山的路，有一个地方较宽，而且有一段沟，如果在那儿发生呢？她想到那些湿湿的带有青苔的墙壁，二老板那阴冷的脸，他发亮的黑皮鞋。她不知道如何开枪，但这难不倒她，她可以学，只要有时间，哪怕半天，哪怕一个小时，她会击毙敌人，她还有一把护身的小刀。伍老板让她待在馆子里，说是要抽烟，与冰老师走到厨房里。两个人在里面待了好久，才出来。

伍老板与冰老师站在过道那儿，伍老板向唐素惠点了头。

1983年 重庆

二姨走后,我没有回到床上,我无法入睡。董江呢,董江为什么不和二姨住在一起?他们经过那样的年代,当一切烟消云散后,这四个人统统选择过普通人的生活,董江和唐庆芳结婚生子;二姨迅速嫁了人;母亲也结婚了,儿女最多。我是她最小的女儿,躺在这儿,想他们的事。

这个上午,我体会到唐素惠一个人在冰老师的小屋子里苦思冥想,我在想,如果事情顺着我的意念发展,会在某个地方不对。比如那个在船上邂逅凤小姐的甫先生,他真的掉下江死了吗?如果没有死,他在哪里?凤小姐呢,她深知二老板早怀疑自己的目的,又如何才能金蝉脱壳?

如果甫先生是伍老板,而冰老师与凤小姐,包括董江和唐家两姑娘,他们本就相识,那么,唐素惠是否也在他们几人设定的局里呢?她必然想过我现在想过的问题,而心甘情愿当他们的一枚棋子。

我想不清楚，好像并没有局。如果甫先生并不是伍老板，而就是一个地下党；凤小姐只是明星，冰老师只是教戏剧的教授，也说得通。又或许董江凑巧被凤小姐找来做司机，她的男朋友贪财，顺了二老板的安排，躲得远远的，但他也可能不甘心，他要把凤小姐救出来，逃出二老板的手掌。我记得每每我说到解放前的事，父亲总会说，你妈那时思想追求进步，她还帮他们送过报，救过人。我问父亲，他便不再说话。

母亲从不讲这种事。偶尔有一回我与她走在一号桥的路上，我们去看么舅。突然有一辆军车停下，走下来一个当官的军人，他到母亲面前，紧紧握着她的手。两个人低语了两句，便告辞。当那人的车子驶远后，我问母亲，他是谁？

母亲说，她给袍哥头子当老婆时，曾遇到一群人在追一个受伤的男人。她救了他，把他藏在自己的大房子里，替他找药，医治他，伤好后，又送他上船走掉。

我那时可能只有十岁，母亲似乎在讲别人的事。我问她，还有没有我不知道的事。她摇摇头。看来，母亲有太多我不知道的事。只是她不肯讲，或是早已埋在记忆深处了。

我梳洗完毕，出了门。

董江的店铺没有人，他戴着眼镜在敲一只锅。我走进铺子，在他面前坐下来，递上我买的热乎乎的五个肉包子，那包包子的牛皮纸上油油的，香喷喷的。

"董叔叔，我们昨晚等你回来吃饭。"

他的眉毛往上轻轻一挑。

等了好一会儿，他说："你吃包子吧，这么多，我吃不完。"他的眼睛有红血丝，明显昨晚没睡好。

我拿了一个包子吃了起来，肉馅里居然有姜丝，而且咸度正好，肉很新鲜，还有胡椒味。我边吃边评。

"你从小就知道啥子东西好吃。"董江看了我一眼，"这家包子远近闻名，哪个就被你逮着了？"

"排队人多，包子肯定好吃。"我说着，凑近他，"董叔叔，请你帮个忙，我想进去看看。"

他没说话。

"我想进去。"

"你二姨不会高兴的。"

"我躲开她。求你了。"

"你怎么就肯定我会帮你？"

"你会的。你晓得我不会害任何人。"

他摇摇头。

"她在里面，你看过她吗？"

他不说话。

"她不认得你。你的闺女来过吗？"

他不说话。

我正要开口，他朝我吼了起来："你走！"

我站起身："走就走。我晓得你们的事，你们都是非常善良的人，为什么要折磨自己？也折磨别的人?!"说完，我走出铺子。我在街上乱走，整个歌乐山在我的脑海里叠加，山与房子，人脸与车辆。不知走了多久，到了医院的院墙外，院墙怎么这么高，有两个人高吧，就是花钱让人把我扛起来，我也得翻院墙，若是要跳入，腿必摔断。精神病医院大门只有保安，那儿没有卖甘蔗的小贩。

243

一段院墙在坡上，我走累了，就坐下，一直到下午身后学校上学的钟声敲响。

当我再次来到董江的铺子时，他马上仰起脸来，看着我，那意思是，你怎么又来了？

"我要进去，董叔叔你会帮我的。"我说。

"真相都是人自己强加给自己的。"

"我不同意。"我说，伸出手。我接近它，我感觉得到。

"你要啥子？"

"你晓得。你有家属探视卡。"

"你哪个晓得？"

"我脑子告诉我的。"

他微微起身，马上坐下，看着门外树上的一群麻雀，这才从上衣口袋里掏出一个卡片，递给我。果然是盖有医院红章的家属探访证。

我站着向他鞠了个躬，便离开了。

奇怪，当我凭着家属探访证进入医院大门时，越朝里走，跟我上次进入看到的越不相同。还是三幢五六层的白楼，我进了最高的一幢，还是一样的过道，甚至食堂也一样。二姨在那个窗口探出头来，不是在磨刀，而是在抖围裙。她抬头，眯着眼朝我这边看。可能是阳光强烈，她举手，想遮挡光线，我急忙蹲下，不让她看见。

医院住院部也有很多人，他们大都停在原处，在椅子上或在桌子上，也有站立的，做着同一个动作，还有在看书的，盯着同一页，甚至倒着看。我来到护士工作台，朝一个中年护士递出探访证。她看了看，递还给我。

"唐庆芳不在。"

"她在的。你好好查查。"我说。

"不必，我晓得这个病人。"

"她在这里。"

"你是她啥子人？"

"外甥女。"

"你妈、你姨没跟你说，她一年前就不在了？"

"她们没说。你是说她死了？"

护士摇摇头。

"不是死了，那她在哪里？"

"我不知道。"

"没人知道。"

突然身后传来一个男人的声音："我晓得，她去了外面，那天我看到她的。我刚才还看到她，在外面的草丛中走，她飞了起来，飞到天上。"那个男人长了一脸胡子，伸手拉我到窗前。窗子有些高度，我踮起脚尖看，外面只有两个洗衣妇，在长绳上晒洗过的湿湿的病人服，有灰色，有蓝色。

刚才跟我说话那个中年护士这时把男人拉到一张桌子上，让他坐下："这儿差一个人，你打麻将打得好。"

"对，我打得天下无敌。"

我没办法。我朝前走，另一个护士拉着我，说前面区域探访者不能进入。"唐庆芳真的不在这儿？"

"我们不敢乱说话，她真的不在这儿。"

这怎么可能？我上次来这个地方，还见到她，所有的情景历历

245

在目。我必须找到她,我下了楼梯,决定换一套白衣。在一层,我看到一个大篓里有衣服,也不管干净与否,抓了一套,穿在身上。我从另一侧的楼梯上去,一个房间一个房间地查看,没有唐庆芳,那个已头发花白的老女人。我准备去另一幢楼房看看,在两幢楼之间的空地,我看见那楼道有个人影,一动不动地盯着我,我走近,发现是二姨。她轻声说:

"她不在这儿。"

"她在哪里?"

"我们也不知道。"

"他们说有一年了。"

二姨点点头。

"就是说,唐庆芳凭空消失了?二姨,你看过我的笔记本,我见过她,在这儿,还有叶子。在外面,她在辣椒堆里,一身是辣椒汁。"我目光扫过去,那边是个山坡,晒着红辣椒。

"是不是董江叔叔?"我的意思是,他不愿看到唐庆芳被关在疯人院里,就结束了她的生命,把她埋了。

"不可能。"

"那是你?"

二姨伸手,却马上放下手。"孩子,你真的会把一个正常人逼疯。我怎么可以那样对她?"

"她抢走了你的男人。"

"是你的,就不会变。"二姨指着脑袋,"她那些年自己困住自己,才让他重新回到我身边。她可以害我的孩子,害你,但我不可以害她。"

"对不起,二姨,我真的糊涂了。"

二姨抓起我的手,带我来到辣椒山,我们坐在坡下一块石头上。她从石头下取出一包香烟,还有一个打火机。这个地方,是不是上次唐庆芳取香烟的地方?我的心开始疼痛。

香烟盒里只有一根香烟了,二姨取了出来,点上火,抽起来,传给我,我吸了一口。她喃喃自语:"我不敢相信她不在了。我们还在等她,可能有一天,她会回来,她会清醒,记起我们。"

不知为什么,我的眼泪流了下来。

"这句话是你妈妈说的。"

"我妈妈也晓得她不在的事?"

二姨看着我,摸摸我的脸,没说话。

有人在楼上一个窗口探出头来,那是一个男人,他盯着我们,很快缩回头。那上面传来扯开喉咙歌唱声:"夜重庆,夜重庆,你是个不夜城。华灯起,乐声响,歌舞升平。只见她,笑脸迎,谁知她内心苦闷……"

旧上海改成旧重庆,都说病的人,聪明透顶,果然不错。这时听,句句印在我心上。

二姨拿了一个辣椒放在嘴里咀嚼起来,她说:"这辣椒真辣,是熟悉的那种辣,可以到胃里,到血液里。孩子,奇怪,我现在不反对你写下你理解的故事了。那个世界,有希望,而这个世界,看不到希望。"

尾声 重庆

后来我一直在伦敦，在家专职写书。十三年后，我写完了一本自传体小说，决定回到重庆，和父母住一段时间。母亲的家还是在原址，只是把老房子拆了，在原地修建了六层楼房，我替他们购了五层的两室一厅。我有好些事想问母亲。母亲退休在家，她的脾气也改了，变得温和，时常聊到从前，大都是在忠县乡下的事、在大饥荒年代的事，还有她怎么跟我的生父认识的事。她没说唐家两姐妹，我也没说，甚至我当时从歌乐山下来后，决定不写她们的事了。那个笔记本因为我颠沛流离，居无定所，不知遗落在哪个地方，我曾有一天跟一个诗友在江边撕稿子，没准，那个笔记本也被我撕掉，所有我写的人物都掉在江水里了。而且我到伦敦后，较少回重庆，也跟重庆以往的亲戚朋友交往少了。

母亲的柜子上放了一只旧旧的箱笼，编织得很讲究。有一天母亲坐在阳台上，看着江上驶过的船，对我说："他们走了。"

"二姨？"我第一个反应，就准确无误。

"唐玉英和董江。"母亲流下眼泪。

"妈妈，不要哭，告诉我。"我马上蹲在她的面前。

母亲说，有一天她去歌乐山看他们，发现他们不在了。两个人租了不同的房子，她发现房子里没人，东西都没变。

母亲问邻居，都说不知道。她站在那儿，跟几十年前一样脑子翻动。中午时分，她来到钢厂红砖房宿舍。她知道二姨的习惯，钥匙放在门上的坎。她拿了钥匙，打开门。房间很安静，桌上搁着一个箱笼，经过几十年，旧得竹器变黑了。她走到床前，蚊帐垂下。床上躺着两个人，一个二姨，一个董江，她穿得整齐，他却是一件普通的灰衬衣黑裤，床前是一双黑高跟皮鞋和一双男式布鞋。

"他们等不了唐庆芳了，太累了。"母亲说。

从我面前的长江，可以看到千厮门那个方向，当年董江在那个码头接到唐庆芳，还有唐素惠，他们三人往宽绰的石阶上走。二姨先吃了药，倒在床上，穿着当年在心心咖啡馆的那件蓝丝绸旗袍。董江一定是找不到她，后来找到这旧居，看到她已结束生命，便也结束了自己的生命，他从前爱她，现在可以更爱她了。

我跟母亲说了，她想了想，说："他们不是一起走的。我叫了法医，法医说死亡时间相差两天左右。"

当天傍晚，我去了那片红砖房子。这儿还住着不少钢厂的职工。但是比起以前，房子残破多了，植物却依然茂盛，我顺着长长的石梯走上去。二姨的房子里面空空荡荡的，里面粉刷着白漆，可能钢厂新的职工将搬入。隔壁是西区动物园高高的院墙。童年的旧事浮现，叶子，尖耳朵老虎。我走到后园，这儿长满野草，有半人高。动物园那边很安静。

　　好奇心驱使我来到动物园里，铁栏杆里有几只华南虎，年龄看上去最多五六岁，等了好久，也没看到一只年老的老虎，我认识的尖耳朵老虎不在。我也等不到饲养员，估计问了，也不知道那二十七年前的事。

　　夜色笼罩之下，我费力回到二姨的旧居。我有个感觉，心里有种东西蠢蠢欲动。我站在路中间，决定一直往前走去。有老虎或狮子的叫声响起，我顺着这条路朝前走，前面有少年叶子的声音，不只他，还有唐庆芳、二姨和董江叔叔的声音。焰火突然铺满天空，比想象的更美丽，更令人难以忘记，它们呈现出鸟的形象，一只鸟叠着一只鸟，不知不觉占据了我的头脑。

第一部2021年2月8日
第二部2022年3月8日
第三部 2023年5月15日

后　记

漫长的定格

A

2021年在伦敦写长篇小说《月光武士》时,我陷入了对幼年的回忆:母亲有几个特别要好的结拜姐妹,当时还是小女孩的我偶尔遇见她们。记得我们乘轮渡过江后,总是走好远的路,母亲见了她们,紧紧相抱,好亲热,她变得好有活力,对我也好多了。印象中,她们都长得很重庆,就是性格火辣,五官标致,身材也挺拔,单从皮肤看不出年龄。

有一天深夜,我想起母亲曾把我送到了重庆西区动物园边上二姨家里,她是一个没有什么血缘关系的亲戚。

为了确认,我去问二姐和四姐。她们说对。透过漫长的黑夜,我看见自己在那个地方,感到一种人生最大的恐惧,每晚听到院墙那边动物园里老虎的叫声,有时是一只,有时是几只,每隔一段时间叫一声,有时会连着吼叫,有些尖厉,有些狂怒,又有些莫名的悲戚,听上去,像是在深深地呼喊什么。

那是1969年。我七岁。

这部小说的开头,则是父亲送小女孩小六去西区动物园边上的钢厂宿舍,那儿临近长江,南岸弹子石的上游北岸。父女坐轮渡、有轨电车,换到动物园的公共汽车。小说里的房子跟现实是一样的,整齐的红砖平房,房前的树和水泥混凝土的路,有些倾斜,每家门前堆了杂物,油漆斑驳的绿窗和绿门。街上有滑板车,车上坐着一个腿不方便的男孩,他与女孩很快成为朋友。那道与动物园隔开的院墙神秘莫测,女孩一直在那里找入口。

那一坡又一坡整齐的石阶砌在红砖房门前,有冰凉的风吹过身体,女孩站在窗子里望着灰蒙蒙的天空,忽然明白了一个事实:母亲不要我了,把我扔在别人家里。虽然之后女孩又被接回家了,但被弃的伤痕一直在那儿,一想起,心就冰冷。

这感受跟我当年相同,但与之相关的那些人和事都不在我的世界里了,比如我的母亲、父亲,那些动物园外整齐的红砖平房,那可以钻进钻出的窗,那个善良英俊的男孩。

生命很脆弱,一不小心,就滑入了一个前所未知的轨道,进入一个莫名的境地。小说中的女孩一直在找男孩叶子,到她长大成人,来到另一条江——嘉陵江边一所学校读书,遇到叶子的"妹妹",所有的记忆与她的记忆发生分歧,是她对,或是这个叶子的"妹妹"对?

我一直对宇宙的多元感兴趣，无限个可能的空间，叠加分离的时间、组合与消耗的能量，包括众多物质，它们同时存在着。公元前一世纪，罗马共和国末期的诗人和哲学家卢克莱修就认为，在我们这个可见的世界之外还存在着其他的世界，居住着其他的人类和野兽的种族。

走了的人，也许进入了那与我们这个宇宙有些相同的其他平行宇宙，比如我的父亲、母亲，比如小说中的叶子，比如我牵挂的人，那儿也有小街、河流和轮船。最好我的父亲在那里也是一个船长，有一双不会患夜盲症的眼睛，有很多的孩子，最小一个女儿是亲生的，他们两人无话不说，每天一起钓鱼一起做饭，等着我的母亲回家。最好母亲不要像在这个世界一样做很重的体力活，只是在花园里种菜种花，或做一个裁缝，每年过春节时，她都尽可能给我们这些孩子做新衣。

单单写下这些字，我的心就暖和起来。在那些不安的夜里倾听老虎的叫声时，在极度不安中，我奢想这世界之外有另一个世界，我想离开，去往那儿。

B

写完小说《月光武士》后，没想到我又当起改编这部小说的编剧，之后所有的精力都用在制作电影《月光武士》上。因为欠约稿，我便挤出睡觉时间来写小说，完成第一、第二部后，接下来写第三部。这部长篇小说在我所有的小说中结构最奇异，表面是侦探小说、写平行世界，实则写人性的根。

起源在我的十八九岁，那时我疯狂浪迹，日夜奔波在路上，一闭眼就看到另一个世界：神秘、黑暗，却有独特的情愫，令我着迷。它跟我母亲从忠县乡下跨入重庆城有关，跟我家箱底那些照片有关。照片上，母亲穿着美丽的旗袍，仿佛她依然活着，走在我面前，凝视着我。

我很想念母亲，经常望着她的照片发呆，常常回忆起她说过的话，想起她带我去"二姨"家的情景，也记得她在我小时候，还有她去世前几年给我讲的一些事，特别是关于重庆解放前后的事。

母亲2006年离世后，我的大姐、二姐，甚至三哥，便成了新的讲述者。当然我的养父在生前也是讲述者。

我跟着他们讲述的故事，进入早已消失的那些世界。

叶子，一个英俊少年，不像这个世界的人；玉子，敏感的少女，却是这个世界的人；小六，一个孤独的灵魂，是夹在这个世界与那个世界的人。

如果你不曾去过重庆嘉陵江，如果你不曾去过同兴镇（我曾在那儿度过两年寂寞的时光），那么你要读懂这小说，可能有点费劲。同兴镇老街现在已成为一个网红打卡点。江边有成片的芦苇和起伏不定的沙丘，对岸那些树和荒野始终蒙有一层雾，江上有一艘轮船。你坐下来，拿起你的钓鱼竿，投向江水，你的鱼在等你。

唐庆芳，一个跟凤小姐同样美貌的女子；唐玉英，一个与唐素惠情同亲姐妹的聪慧女子。那些飘浮在枇杷山上山下的云烟和雾气，不断涌向我。

1945年日本投降前，重庆作为陪都，什么都有可能发生。在心心咖啡馆前那场精心安排的刺杀，渐渐显山露水。

重庆相对上海，对我而言是不同的写作经验。上海始终是传奇，而重庆不仅是传奇，还多了一种魔幻、一种记忆、一种钻心的疼痛，跟我母亲的记忆相同。都说有基因传承，我相信母亲对我的野蛮教育就是"信"，信一切，把自己交出，给天给地，给这片生长的土地。

这也是我开始写作时心中的信念。

我从未有过写不下去的时候，只要给我时间，我便能写下去。那江水拍岸的起伏不定的声音，那江上刮过的风，那天边挥不去的乌云，那高低不一的吊脚楼……对我而言，透过那些耸入云霄的来福士大厦，便能看见从前城市的模样，看见从前的人。他们坐船进入这个城市，他们走上朝天门石阶，我能看到他们东张西望的紧张，他们爱上对方时那种不顾一切的冲动。

夜永远是夜，但山城的夜是不同的，一切都有希望，一切都在安排之中，一切都在破坏之中，一切都似有非有，那样青春，那样朝气，那样有缘，那样纠结和不解的恨。

我在重庆的家正对着朝天门，长江和嘉陵江相汇流过来，一如1969年，一如1981年，一如1945年，江水朝前波涛汹涌，闪烁着灿烂的光芒。

C

我不止一次走在小说中那座奇特的桥上,桥上有房子,有动物,有少年叶子,有女孩小六,我跟在他们身后,走着走着,就很难迈开脚。雾气从江上升起,仿佛是在久远的过去,又是通往神秘的未来的入口。

那是在梦中,梦中的山城重庆很近,各种人声、机器声、船叫、警报,尤其是江上的浪涛拍岸,节奏起伏不定。幸运如我,能在梦醒后脑子清楚地记录下来整个过程。

我一直以为梦也是记忆的一部分。写小说就是一次整理记忆的过程,我经常迷失,经常痛苦,怕自己再也走不出来,想不起过往。我喜欢在家里任何地方放笔和纸,就是想在记起什么时,马上写下来。这样如果有什么人的形象或细节闪过我脑海,就不会被遗忘。

母亲的样子在记忆中时时变化,一会儿她从院子大门走进来,一会儿她走在江边,一会儿她躺在床上,很疲惫,狠狠地瞪我一眼。她没有穿漂亮衣服,就算是我后来在国外给她带回那样的衣服,她夸几句后,也压在箱底。不过难不倒我的想象力,目光盯向1945年,在我尚未出生的那些日子,她都是穿着一件旗袍,而这个形象一直在我心里。

家里有个竹器旧箱箧,一直放在意大利家,我没问它后面的故事。因为这个箱箧是属于英国婆婆的。我家呢,母亲也一直有一个,她珍宝似的藏在床底。我没问母亲,这箱箧与什么相关。它想必一定有故事,不然母亲不会时不时地从床底下取出,擦得干干净净。

母亲不讲,我即便问,也没用。

母亲曾经频频过江,去中梁山一带,那些时候,她回到家总是精疲力竭,几乎不对家里人说话,比她在造船厂当抬工回家的状态还要累,总是唉声叹气。现在我才知中梁山离她在矿厂上班的弟弟很近,那儿离歌乐山也不远。

瑟珀画了旧时三个女子穿旗袍的画,她问我,妈妈,你这个小说是在写外婆吗?我笑而不答。

母亲一生有好多事,我都是通过别人知道的。

她知道我是写书的人,她讲不得,一讲,她这个最小的女儿就会写下来。母亲担心,当这些事公开之后,会有什么不祥之事发生。到今天,她离去都十七年了,我还一直在琢磨她内心拒绝的原因,她一定是觉得那些事属于她与她们之间,不是秘密本身,而是情感的共有,她内心的爱。

我之前写了好多诗给母亲,其中有一首写到艳丽的红高跟鞋,在雾气中,在阴暗中显现,如同母亲的嘴唇,那性感的红。而我把这首诗放在小说开始,这小说题给我2007年出生的女儿,是想让她对自己长辈的生命有一个回视、阅读,可以更好地思考自己的人生:我将向何处去。

在这一生中,我有很多后悔,其中一件便是没有给母亲拍过照片,我拍女性,直接,逼真,如果拍母亲,我手中的镜头,会拍她的嘴唇、眼睛,她受尽磨难的头发,她不置一词的暧昧神情。

可是我没有,甚至有一次,我带着相机回家,后来也是拍了将拆的老屋及周边,拍了长江南岸边上。

对不起,母亲。现在说这话已晚了,不过这个小说,算是我用文字对你的定格,花的时间有些长了,但总算完成了一件沉在心底许久的事。